한국의 탐정들

일러두기

1. 이 책은 인천문화재단 한국근대문학관 2021년 기획전시 〈한국 근대추리소설 특별전 - 한국의 탐정들〉의 전시 도록입니다.

2. 단행본과 장편소설은 겹낫표(『 』), 단편소설과 중편소설은 홑낫표(「 」), 신문과 영화는 화살괄호(〈 〉)로 표기했습니다.

3. 특별한 표기가 없는 도판은 한국근대문학관 소장본입니다.

4. 작품 스토리북 QR코드를 통해 줄거리 e-book을 감상하실 수 있습니다.

한국근대문학관 기획전시

한국의 탐정들

한국 근대추리소설 특별전

IFAC 인천문화재단   한국근대문학관
The Museum of Korean Modern Literature

발간사

한국근대문학관 기획전시 '한국근대추리소설 특별전 – 한국의 탐정들'이 개막했습니다. 코로나19로 인한 힘겨운 나날 속에서 한국근대문학관에 관심을 가져 주시는 모든 분들께 감사드립니다.

이번 기획전시는 근대 시기 등장한 '탐정'에 집중합니다. 개인의 생명과 재산처럼 소중한 것을 지킬 수 없었던 이들에게 논리적 추리와 능수능란한 재주로 무장한 탐정이 나타나 사건을 멋지게 해결하는 이야기는 언제 들어도 매력적입니다.

그동안 셜록 홈스로 대표되는 외국 추리소설 속 탐정들에게만 익숙해져 있었던 우리에게 '한국의 탐정들'의 재발견은 신선한 자극이 아닐 수 없습니다. 일제강점기와 해방기의 혼란스러운 현실 속 독자들이 꿈꿨던 영웅은, 냉철한 이성으로 사건을 척척 해결하면서도 때로는 애절한 사랑에 빠지기도 하고, 애국심으로 불타오르는 사명감으로 가득 찬 인물이었습니다.

탐정이 등장하는 추리소설은 전형적인 근대소설입니다. 인천은 한국의 근대가 시작된 곳입니다. 근대도시 인천에서 이러한 근대 추리소설 전시를 개최한다는 것은 여러모로 상징적입니다. 최초의 탐정 소설 『쌍옥적』이 인천을 배경으로 한다는 것은 이를 단적으로 증명한다고 하겠습니다.

한국의 근대추리소설을 주제로 한 전시는 한국근대문학관의 이번 기획전시가 처음입니다. 작품들을 살펴보시면서 우리 탐정들이 지닌 각양각색의 매력을 느껴보시기 바랍니다. 우리 문학관의 기획전시를 위해 귀중한 자료를 협조해주시고 도움을 주신 각 기관과 단체, 개인들께 깊은 감사의 말씀을 전합니다.

2022년 2월
인천문화재단 대표이사 최병국

전시를 열며

사람을 죽이거나 남의 물건을 훔치는 나쁜 놈들은 인류가 생긴 이래 항상 있었습니다. 누가 왜 죽였고 어떻게 훔치고 숨겼는지 논리적으로 파헤치는 이야기를 추리소설 혹은 탐정소설이라고 합니다. 추리소설은 명확한 증거와 객관적이고 합리적인 이성을 바탕으로 범죄 사건을 해결한다는 점에서 철저히 자본주의 사회의 산물이자 근대문학이라 할 수 있습니다. 실낱같은 단서와 명쾌한 추리에 의해 점점 밝혀지는 범죄의 진상 및 범인의 정체, 이에 동반되는 숨 가쁜 추적과 아슬아슬한 모험은 독자들을 추리소설에 열광케 합니다. 우리 근대 추리소설에도 셜록 홈스나 에르큘 포와르, 아케치 고고로 못지않은 명탐정들이 존재했습니다. 이들은 잘생긴 외모에 냉철한 지성과 이성, 뛰어난 운동 능력으로 경찰과 검사 등 국가 사법기관이 두 손 두 발 다 드는 어려운 사건을 멋지게 해결해 냅니다. 이번 전시에서는 한국 근대 추리소설과 작품 속 명탐정들을 소개합니다. 독자들의 손에 땀을 쥐게 한 추리소설에 어떤 작품이 있나 살펴보시고, 명탐정들과 그들의 활약을 즐겨보시기 바랍니다.

차례

I 정탐의 출현

20세기 이전의 범죄 이야기는 '공안公案소설'이나 '송사訟事소설'이라 했습니다. 드라마로 유명한 〈판관 포청천〉이 공안·송사소설의 드라마 버전이라 할 수 있습니다. 주로 관아의 수령-사또가 사건을 해결하고 범죄자를 처단하는 역할을 하는데, 이들은 어디까지나 정부의 관리일 뿐 우리가 알고 있는 탐정과는 거리가 있습니다. 에드거 앨런 포의 단편 「모르그가의 살인」을 최초 작품이라 하면 추리소설이 탄생한 지 2021년을 기준으로 꼭 180년이 됩니다. 한국에서는 20세기 초에 등장하는데, 이때는 '추리소설'과 '탐정'보다는 각각 '정탐偵探소설'과 '정탐'이라는 말이 주로 사용되었습니다. 1906년 발표된 『신단공안』은 흉측한 범죄나 기발한 사건을 다룬 7개의 이야기로 이루어진 연작소설로 각 이야기의 마지막 부분에는 사또가 등장하여 사건을 슬기롭게 해결합니다. 이해조의 『쌍옥적』은 한국 최초의 탐정소설로 민간 탐정은 아니지만 경찰 관리가 정탐으로 등장하여 복잡하게 얽힌 사건을 여러 정황과 증거를 단서로 흥미진진하게 추리해 나가는 모습을 보여줍니다. 신소설 『구의산』도 끔찍한 살인 사건을 끈질기게 추적하여 해결합니다.

신단공안 제3화

어머니는 통곡하며 효녀의 머리를 자르고, 흉악한 중은 명관의
손을 벗어나지 못하다(慈母泣斷孝女頭 惡僧難逃明官手)

대한제국기(1897~1910)에 발표된 연작 공안소설. 살인 사건에 휘말려
살인범이라는 억울한 누명을 쓴 아버지를 위해 딸 혜랑은 자신의 목
숨을 바친다. 이에 감동한 사또가 수사를 재개하여 진범을 잡는다는
내용이다.

「신단공안」 제3화, 제1회 〈황성신문〉 1906년 6월 9일(복제)

신단공안 제5화

**간악한 과부는 법회를 열어 중과 간통하고 사또는 관(棺)을 대기
시키고 문초를 하다**(妖經客設齋成奸能獄吏具棺招供)

대한제국기(1897~1910)에 발표된 연작 공안소설. 한 과부가 남편의 혼
을 위로하기 위해 불공을 드리고자 초대한 중과 간통을 저지른다.
이 사실이 아들에게 발각되자 아들을 불효를 저지른다 하여 관아에
고발한다. 사건의 이상함을 눈치챈 사또가 과부를 심문하여 현명한
판단을 내린다.

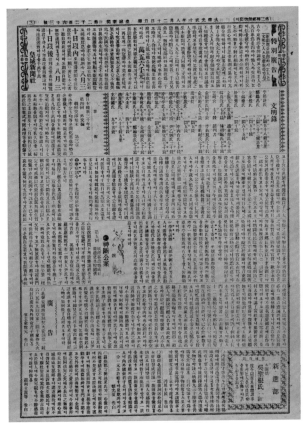

『신단공안』 제5화, 제1회 〈황성신문〉 1906년 8월 20일(복제)

증수 무원록 대전

억울함을 없게 하라는 뜻의 법의학서. 중국 원나라 시기 왕여가 1308년에 지은 책으로 우리나라에서는 조선 전기부터 살인사건과 시체를 조사하는 검시 분야에서 활용되었다. 『신단공안』과 『구의산』에 나오는 살인사건과 변사 시체 관련 사건은 사또들의 추리와 지혜에 의해 해결되는데, 사또들은 억울한 죽음을 없게 하기 위해 『무원록』에 근거하여 사건을 처리했을 것이다.

『증수 무원록 대전』, 광학서포, 1907

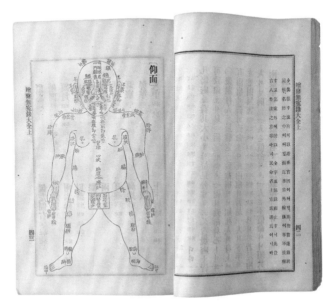

『증수 무원록 대전』에 실린 시형도(屍型圖)

신구 형사법규 대전

한국 최초의 변호사 등록을 한 장도가 1907년 형사법률 및 재판제
도에 관한 주요 법령을 편집하여 발간한 법령집. 19세기 말~20세기
초 사법제도가 근대화되던 시기 형법을 근대화하고자 한 노력의 일
환이며 한국 근대 형법사 연구의 귀중한 자료가 되는 책이다. 『구의
산』의 핵심인 후취 부인에 의한 전실 아들 살해사건을 해결하는 사
또는 이 책을 보고 범인들에게 그들의 죄에 맞는 형을 판결했을 것
이다.

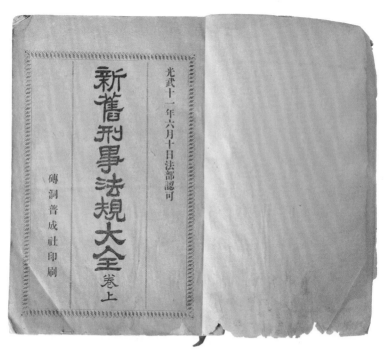

장 도, 『신구 형사법규 대전』 상권, 박영조, 1907

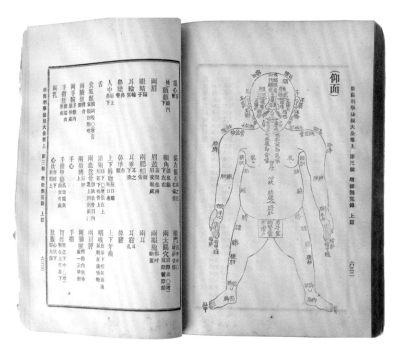

「신구 형사법규 대전」에 실린 시형도(屍型圖)

이천군 신면 도월암 치사 여인
최 소사 옥사 초검시장

1896년 2월에 경기도 이천군에서 발생한 엄주식과 그의 첩 최씨 치사 사건에 대한 당시 이천군수의 시체 초검 보고서. 『신단공안』 속의 살인사건들은 이러한 과정과 절차를 거쳐 해결·처결되었을 것이다.

이천군 신면 도월암 치사 여인 최 소사 옥사 초검시장
(利川郡新面道月巖致死女人崔召史獄事初檢屍帳). 서울대학교 규장각 제공

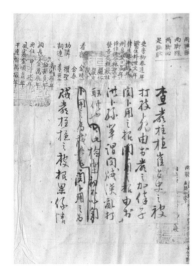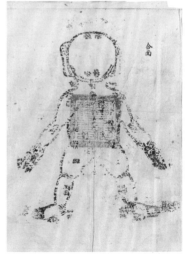

이천군 신면 도월암 치사 여인 최 소사 옥사 초검시장(부분)

구의산

후취 부인에 의한 전실 아들 살해 사건을 다룬 이해조의 신소설. 첫 날밤 이튿날 아침 신방에서 신랑이 머리 없는 시체로 발견되는 엽기적 사건이 등장하는 이 소설은 남편 살해 의심을 받는 며느리와 유복자 아들의 추적에 의해 진상이 밝혀지고 범인들은 사또에 의해 법률에 의거한 합당한 처분을 받는다.

이해조, 『구의산』 45회, 〈매일신보〉 1911년 8월 16일. 개인 소장

구의산

『구의산』단행본. 1925년 박문서관에서 발행된 책으로 상하 합본이다. 아래 자료는 9판인데, 이를 통해 이 작품이 얼마나 인기가 있었는지 알 수 있다.

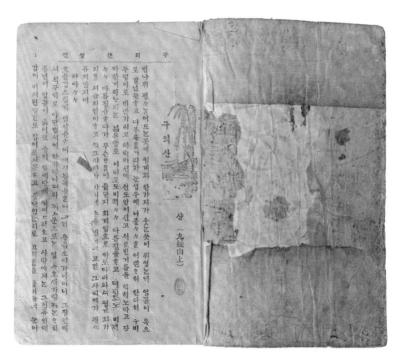

이해조, 『구의산』, 박문서관, 1925[1911년 첫 발표]. 개인 소장

下山疑九

（셔）조부라니 보아하니 남즈신틴 조부랄말이 웬말이오

（김）아니올시다 재가 너즈올시다

샤ᄒ고 남편의 원수를 갑하볼게ᄒ치고 칠셩어미

을 마당어미 집에다 대광을 두고잇ᄂ딘

헤셔 ᄯᅥ처 짓눈양을보고 셩군에 안진며지

룩 흘일 일장을 조공도챠학하ᄂ니

ᄉ쳥 눈양을보고 심히 괴상히녀녀 눈죵

와 방불흔즈를보면 가신이달녀러안지자

눈쳐음에는 지나가ᄂ 힘인이어니 ᄒ다가

ᄯᅩ온양 네가 소슈인을 쳐쳐흘도라가잇다

후말도 다ᄃ고보니 피히가라ᄒ더니

쥬인으로가셔 하회만기다리고 감히히잇가

下山疑九

구의산ᄒ

김씨ᄂ 마당의집으로 슐멱이도라와 ᄉ셕도업시이눈틴 셔판셔가

도라와 날이막ᄆ뎌 눈동이다려 거정흘ᄒ고가셔 칠셩어미를

족롤리(足不麟龗足이) 만일 셜포을 짓아오ᄂ 흔령이 잇ᄂ 본리

털죽교남지못흘리라ᄂ 호령이 럼동갓흐니 눈들이가셔 시각이더듼지 눈이업지

죵 저의대감의 부부가 지죽눈이 흐ᄀᆞ흐ᄀᆞ 칠셩어미를 잡아왓ᄂᆞᄂ

아미팅흐야앗다라 이딕 리동졈은 엉문도 모로고잇다가 쳘성의 눈

소리들을고 무슨판게가 그다지 겁이나고평셩이 사당문뒤에와 숨어셔서

보눈판게 엽던지 버셔발로 뛰여나와 사당쳐문뒤에와 숨어셔서

이의대강때셔 칠셩어미눈 무슨버릇이

아음지못흘겟습니다 칠셔벽에 ᄭᅴ절을 흘셰더니 눈돌미을 심어읍셔 쥭흘리

하인마다

하인마다

쌍옥적

「쌍옥적」 스토리북

이해조가 쓴 신소설로 한국 최초의 추리·탐정소설이라 할 수 있다. 우리가 흔히 아는 탐정은 주로 민간 탐정인데, 이 작품에서는 경찰 관리가 '정탐'으로 등장하여 세금 도난에서 비롯되는 복잡하게 얽힌 사건을 여러 정황과 증거를 단서로 흥미진진하게 추리해 나가는 모습을 보여준다.

이해조, 「쌍옥적」, 오거서창, 1918[1908년 첫 발표]. 개인 소장

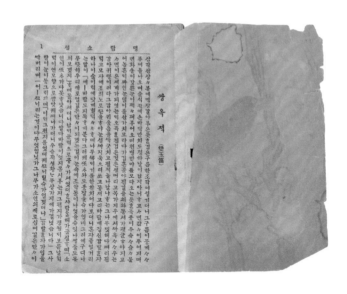

카드뉴스로 보는 『쌍옥적』

김 주사는 호남 지방의 세금 **2만 5천원이 든 가방을** 기차에서 도난당한다.

김 주사는 별순검인 **정 순검**에게 범인과 돈을 찾아달라고 의뢰하고, **정 순검**은 탐문을 시작한다.

인천까지 추적했지만 **정 순검**은 결국 용의자를 놓치고 유명 **여성탐정 고 소사**에게 협업을 청한다.

변장의 귀재인 **고 소사**는 범인을 잡기 위해 술집 주인으로 위장하고 수사를 하는데...

그러나 **고 소사와 고 소사의 하인**은 싸늘한 주검으로 발견된다.

1 2
3 4
5 6

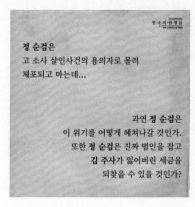

* 카드뉴스 2번의 2만 5천 원은 당시 현미 416톤에 상당합니다.

나주군수 김 승지의 편지

『쌍옥적』은 전남 나주와 영광 지역에서 거둔 세금이 든 가방을 경인선 기차간에서 도둑맞은 사건을 '정탐'들이 해결하는 작품이다. 치안이 불안하다는 이유로 나주군수 김 승지는 아들을 서울에서 내려오게 해 거둔 세금을 가져가게 한다. 이 편지는 김 승지가 아들에게 보낸 목포로 내려오라는 내용의 극비 편지를 재현한 것이다. 아들 김 주사는 바람결에 편지를 잃어버리게 되고, 우연히 이 편지가 범인들의 손에 들어가 범인들로 하여금 범행을 결심하는 결정적 계기가 된다.

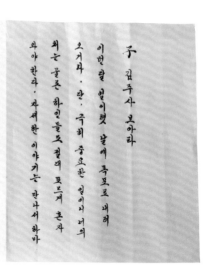

정탐 정 순검과
범인 쌍옥적의 행로

『쌍옥적』 주인공 정탐 정 순검과 범인 쌍옥적의 쫓고 쫓기는 여정을
표시한 것이다.

II 소년탐정

한국 근대 추리소설의 역사에서 흥미로운 점은 어린이-아동이 주인공인 탐정 역할을 맡아 사건을 해결하는 일련의 작품이 큰 줄기를 이루고 있다는 것입니다. 아동모험소설이라고도 할 수 있는 이 작품들은 1920년대 중반부터 나타납니다. 이는 방정환을 중심으로 이루어진 근대적 어린이관, 즉 오늘날과 같은 어린이관의 등장과 밀접한 관련이 있습니다. 주로 10세 전후의 소년 소녀들이 주인공으로 등장하는데, 이들은 범죄 현장을 목격하고 주위 친구들과 힘을 합쳐 범인을 적극적으로 추적하여 사건을 해결해 냅니다. 소파 방정환의 『동생을 찾으러』와 『칠칠단의 비밀』은 외국인들에게 인신매매된 여동생을 용감한 오빠가 추적하여 구출하는 작품입니다. 김내성의 『황금굴』과 『똘똘이의 모험』은 악당들의 방해를 물리치고 비밀 암호를 해독하여 보물을 찾는 흥미진진한 모험을 보여줍니다. 미완으로 끝난 박태원의 『소년탐정단』은 동네에서 발생한 강도 살인 사건을 소년들이 힘을 합쳐 해결한다는 내용입니다. 어린이들에게 진취적 기상과 모험심을 심어 주려고 한 이 작품들은 일제 치하 어린이들에게 매우 큰 인기를 끌었습니다.

동생을 찾으러

아동 잡지 『어린이』에 실린 방정환의 아동 추리소설. 누이동생이 청나라 인신매매단에게 납치되자 이를 추적하여 해결하는 오빠의 맹활약을 그린 작품이다. 북극성(北極星)은 방정환의 필명이다.

「동생을 찾으러」 스토리북

방정환, 「동생을 찾으러」, 『어린이』 1925년 5월, 개벽사

어린이 第三卷 第五號 五日紀念號目次

◎作品募集에關한

作文、自由詩、日記文、童話
常話、글씨

一行十七字四百五十行以內

投書注意

탐정소설

동생을 차즈려

北極星

탐은 세로 쑤시나뛰엣고 세시나저
어떠호에시여……

九

어린께 삼추한갑진중달일
는맛지 뭘수가지못달너니다。그대줄기가이
흥약파르고 링준동국에서는 싼
런긔약파르고 무져속가지흘가지 아슴
만지레 이는것도심방성당니다。

「그봄이 어적게쑨잇슬……
는 녀거지게잇게뛰갓고나니저음
가알람아로게야거가버리앗고나。
중국가오려된가게며 이잇게게며나
스럽게옷뉴옷게머잇는것이나 이령켜거
서…그봄니옷스에게하가서가 무
서잇봄게人게게가 이봄게잇스면 무
몸이뻣잇뭐게게 그날노오랴게 올삿게게
수야자잔니다。순이를치치잇게 순회와이
가아녀어갓다。순회니저리잇고나 순회리라
조쌀이간다。내가히미득잇스면 올삿게게
적게니다 우두위뻐게으로싸이습니다。

어저게 삼추한갓슬중일날지
그대울기가이

「그럿타! 내가자 이댁게게잇잇다
가아녀어갓다。순회기오라잇저다。 순회와이
초쌀이간다。내가히미득잇스면 올삿게게
적게。그우우우에게정옵니다。차저
순일을 누가구원달엇니가。

— (26) —

— (27) —

『동생을 찾으러』도트 게임

『동생을 찾으러』줄거리를 태블릿형 탈출 게임으로 구현하였다. 전
시실에서 화면을 터치하며 직접 플레이해볼 수 있다.

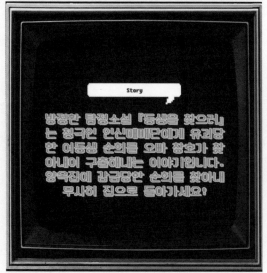

칠칠단의 비밀

서커스단에 강제로 잡혀 있는 남매가 탈출하여 마약 유통과 인신매매를 일삼는 '칠칠단'을 일망타진하는 내용이다. 소파 방정환의 작품이다.

방정환, 「칠칠단의 비밀」, 『어린이』 1927년 3월, 개벽사[1926년 첫 발표]

황금굴

김내성이 지은 소년모험소설. 비밀 암호를 해독하는 유불란의 활약
이 인상적이다. 고아원 원아인 백희와 학준은 인도 불상에서 보물이
있는 장소를 가리키는 비밀 암호문을 발견하고 유불란에게 해독을
의뢰한다. 유불란은 보물이 인도양에 있는 계룡도라는 섬에 숨겨져
있음을 알아낸다. 백희와 학준, 유불란은 계룡도로 가 불상과 보물을
빼앗으려는 인도인들과의 힘겨운 싸움 끝에 황금왕관을 발견한다.

『황금굴』 스토리북

探偵小說

黃金窟

金來成著

김내성, 『황금굴』, 평범사, 1951[1937년 첫 발표]. 정혜영 제공

카드뉴스로 보는 『황금굴』

1937
황금굴
黃金窟
김내성 作

새로 고아원에 들어온 **백희**에게는
아버지의 유품인 소중한 **불상**이 있다.

같은 고아원생 **학준**은
불상을 빼앗으려 하는 아이들에게서
백희를 구해준다.

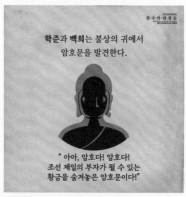

학준과 **백희**는 불상의 귀에서
암호문을 발견한다.

" 아아, 암호다! 암호다!
조선 제일의 부자가 될 수 있는
황금을 숨겨놓은 암호문이다!"

그러나 암호문의 내용을 미처 확인하기 전,
인도인들에게 불상을 빼앗기고 만다.

학준은 불상을 되찾기 위해
인도인을 쫓다 실종되고

백희는 암호를 해독하고
학준을 만나기 위해
유불란을 찾아가는데...

1 2
3 4
5 6

7 8
9

소년 탐정단

박태원이 쓴 소년 탐정소설. 자신들이 사는 동네에서 일어난 강도
사건을 소년들이 힘을 합쳐 해결한다는 내용이다.

박태원, 「소년 탐정단」, 「소년」 1938년 6~7월, 조선일보사. 고려대학교 도서관 제공

똘똘이의 모험

김내성이 쓴 소년 추리소설로 해방기 최고 히트작 중의 하나이다.
이쁜이의 성경책에는 보물의 위치를 알리는 비밀암호가 있는데 도
적 박쥐가 이쁜이를 납치하고 성경책을 빼앗아간다. 주인공 똘똘이
는 친구 복남이와 힘을 합쳐 이쁜이를 구하고 박쥐를 잡는 데 성공
한다.

김내성, 『똘똘이의 모험』 상권 박쥐편, 영문사, 1946

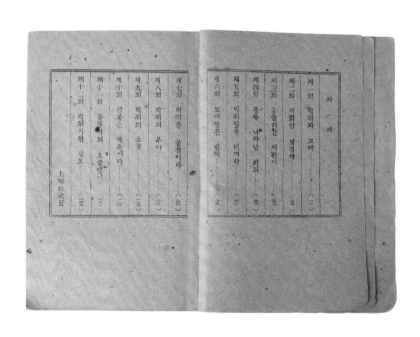

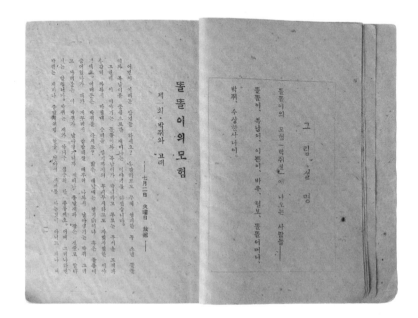

그 림 설 명

똘똘이의 모험「박쥐편」에 나오는 사람들

똘똘이、흑남이、이뿐이、바우、털보、똘똘어머니.

박쥐、수상한사나이.

똘 똘 이 의 모 험

제一회・박쥐와・고래

—— 七月二日 火曜日 放送 ——

어린이 여러분 안녕들 하셨오?

빅북으로 보는 『똘똘이의 모험』

도둑 박쥐는 보물의 암호가
적혀있는 성경책을 빼앗기 위해
이쁜이를 납치하는데……
과연 이쁜이의 운명은?

보물을 찾는 암호가 기록된 성경책을
차지하려고 이쁜이를 납치한 도둑 박쥐

불쌍한 이쁜이의 빨간 성경책을 빼앗는 나쁜 소년
남산공원에서 나비를 잡던 똘똘이와 복남이가
그 장면을 보고 용감하게 싸웁니다.

자동차에 탄 수상한 사나이에게 붙들려가는 이쁜이!
「저 놈을 따라라!」
똘똘이와 복남이가 부르짖지만 이쁜이는 사라져버리고 맙니다.
그 수상한 사나이의 정체는 박쥐?!

「이놈의 박쥐야! 옴짝달싹만 하면 쏠테다!」
박쥐의 소굴로 들어간 똘똘이와 복남이는
마침내 무서운 박쥐를 붙들었습니다.

III 탐정의 탄생,
프로탐정의 출현

한국의 추리소설은 1920년대 들어 큰 전기를 맞이합니다. 셜록 홈스와 아르센 뤼팽이 본격적으로 번역·소개되고 〈조선일보〉와 〈동아일보〉 등의 신문과 『개벽』, 『청년』 등의 잡지들이 발간되면서 추리소설을 선보일 수 있는 지면이 대폭 늘어납니다. 또한 근대적 소설과 시를 접한 일본 유학생들이 귀국하면서 추리소설을 쓸 수 있는 작가층과 이를 읽을 만한 독자층도 함께 확대됩니다. 이렇게 추리소설을 쓰고 읽을 수 있는 조건은 일단 갖춰졌지만, 민간 탐정이 등장하여 사건을 해결하는 추리소설은 당시 독자들에게는 낯선 장르였던 만큼 본격적으로 향유하기까지는 창작과 수용 양 측면에서 상당한 시간이 필요했습니다. 하지만 외국 추리소설이 번역되고 널리 읽히면서 민간 탐정이 등장하여 활약하는 창작 추리소설도 점차 모습을 나타내기 시작합니다. 『혈가사』와 채만식의 『염마』, 김동인의 『수평선 넘어로』는 이때 등장하여 한국 창작 추리소설의 수준을 한 단계 끌어올린 소중한 성과입니다. 1920년 처음 발표된 『혈가사』는 연쇄 살인과 민간 탐정에 의한 범인 추적이 최초로 등장하는 작품입니다. 『염마』는 가족사에 얽힌 오랜 원한과 비밀을 아마추어 명탐정 백영호가 해결합니다. 또한 팜 파탈과 탐정의 로맨스가 등장하는 한국형 추리소설의 첫 작품이기도 합니다. 상하이 민족주의 단체 출신이 탐정 역할을 맡아 국제 범죄 조직의 음모를 분쇄한다는 『수평선 넘어로』는 매력적인 팜 파탈과의 애절한 로맨스까지 보여주는 매우 흥미로운 작품입니다.

혈가사

연쇄 살인과 민간 탐정에 의한 범인 추적이 최초로 등장하는 장편 추리소설. 서울 남산 공원에서 일어난 연쇄 살인 사건을 해결하기 위해 명탐정 김응록과 그 수하들이 맹활약하는데, 여기에는 19년 전 목포 기생 '농파'에 의한 살인과 방화가 얽혀 있다.

「혈가사」 스토리북

박병호, 『혈가사』, 〈취산보림〉 1920년 4~5월, 취산보림사. 동국대학교 도서관 제공

박병호, 『혈가사』, 울산인쇄소, 1926. 국립중앙도서관 제공

추리극 혈가사

박병호의 장편 추리소설 『혈가사』를 김태근이 4막 4장의 희곡 대본
으로 각색한 작품. 김태근(1920-2011)은 울산 지역에서 활동한 극작가
이다.

김태근 각색, <추리극 혈가사>, 2007. 울산대학교 도서관 소장

혈가사(血袈裟)

『혈가사』의 범인은 팜 파탈 기생 출신 '농파'이다. 농파는 전주에서 살인방화를 저지르고 금강산으로 와 청심보살이라는 승려 행세를 하며 또다시 살인과 방화를 한다. 청심보살-농파는 옥례를 칼로 찔러 살해했는데, 이때 옥례의 피가 이 협판에게 받은 가사를 적시게 된다. 아래 자료는 농파의 피 묻은 가사를 재현한 것이다.

혈가사(血袈裟)(재현)

카드뉴스로 보는 『혈가사』

새벽의 남산공원

메마르고 남루한 남자 김석봉과
한량으로 유명한 정 남작의 시체가
연달아 발견되는 사건이 일어난다.

순검들은 주변을 수색하여 단서를 발견하니

누군가 급하게 찢은 편지와
피가 묻은 지 십 수 년이 된 가사였다.

그러던 중 발견된 결정적 증거

죽은 **정 남작**이 손에 쥐고 있던
세 갈래로 갈라진 머리카락

특이하게 세 갈래로 갈라진
머리카락의 주인은
이숙자였다.

어머니 옥례에 의해
정 남작과의 결혼을 강요당하고 있는
이숙자가 범인으로 지목되고...

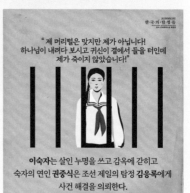

" 제 머리털은 맞지만 제가 아닙니다!
하나님이 내려다 보시고 귀신이 곁에서 들을 터인데
제가 죽이지 않았습니다!"

이숙자는 살인 누명을 쓰고 감옥에 갇히고
숙자의 연인 **권중식**은 조선 제일의 탐정 **김응록**에게
사건 해결을 의뢰한다.

1 2
3 4
5 6

그리고 마침내 **김응록**의 활약에 의해
살인과 방화로 뒤얽힌
끔찍한 수수께끼가 풀리게 되는데...

" 19년 전,
목포에 농파라는 기생이 있었습니다. "

과연 희대의 악녀 **농파**의 정체는 무엇인가.
어째서 **옥례**는 딸 **숙자**에게 누명을 씌운 것인가.
그리고 **김응록**은 숙자의 억울함을 풀고
진범을 잡을 수 있을 것인가?

잔악무도한 악녀 **농파**의 정체와
피(血)가 묻은 가사의 진실을
알고 싶다면

7   8

9

염마

아마추어 명탐정 백영호가 활약하는 채만식의 장편 추리소설. 서동산은 채만식의 필명이다. 사랑하는 부인 서광옥에게 속아 재산을 모두 빼앗긴 이재석의 아내에 대한 복수와 남편의 재산을 빼앗은 후모두 탕진하여 다시 돈을 우려내려는 서광옥의 음모가 복잡하게 얽혀 있는데, 이를 명탐정 백영호가 멋지게 해결하고 사랑까지 쟁취한다.

서동산(채만식), 『염마』, 〈조선일보〉 1934년 5월 16일(복제)

카드뉴스로 보는『염마』

채만식 作

1934

염마 艶魔

어느 날, 탐정 **백영호**는
잘린 손가락 한 토막이 든
엽기적인 소포를 우연히 손에 넣는다.

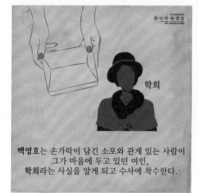

학희

백영호는 손가락이 담긴 소포와 관계 있는 사람이
그가 마음에 두고 있던 여인,
학희라는 사실을 알게 되고 수사에 착수한다.

유대설   김 서방

추적 끝에 익선동 하숙집에 머물던
건넌방 손님 유대설과 문간방 손님 김 서방이
사건과 연관되어 있음을 알게 된다.

뒤이어 사건에서 손을 떼라는 협박 편지가 온다.
편지를 보낸 사람은 서광옥이라는 여인이었다.

"백영호 군,
부질없는 일에
참견을 하지마라.
즉시 사건에서
손을 끊어라.
만일 고집하면…
이롭지 못하리라."

-서광옥

1 2
3 4
5 6

백영호는 손가락의 주인이 유대설이며
학희와 김 서방이 근처 수상한 집에
유대설을 감금해 손가락을 잘랐다는 사실,
또한 그들이 서광옥 일당에게
납치되었다는 사실을 알게 된다.

탐정 백영호와 학희의 아버지 이재석은
미행을 통해 서로의 집을 알게 되었는데,
백영호는 이재석이 학희를 찾으러
올 것이라 예상하고 빈 집에 잠복한다.

하지만 이때,

이재석은 백영호가 학희를 납치한 것으로
오해하여 가짜 형사대를 보내 협박한다.

백영호는 과연 어떻게 이 난관을 타파할 것인가.
학희와 김 서방은 어째서 손가락을 보냈을까?
서광옥과 학희, 그들의 관계는 무엇인가!

아마추어 탐정 백영호의 활약을 볼 수 있는
채만식의 탐정소설 『염마』의
뒷 이야기가 궁금하다면

콜트 싱글 액션 아미

『염마』에는 서광옥과 그녀의 남동생 서광식 등의 악인들과 이에 용감히 맞서는 탐정 백영호의 쫓고 쫓기는 장면이 수없이 반복되는데, 이때 중요한 무기로 나오는 것이 권총(피스톨)이다. 일제강점기 실제 사용된 권총의 모형으로 '콜트식 육혈포'로 불리기도 했다.

콜트 싱글 액션 아미(Colt Single Action Army) M1873(모형). 김명환 소장

엄지손가락이 든 소포

『염마』는 백영호의 조수 오복이가 습득한 소포 속에서 사람의 잘린 엄지손가락이 나오면서 이야기가 본격 전개된다. 백영호는 실험실에서 손가락이 왼쪽 엄지이며 산 사람의 것을 잘라낸 것이라는 점, 상태로 보아 산 사람의 것을 2~3일 전에 잘라냈다는 사실을 알아낸다. 전시된 것은 소포 속 잘린 손가락을 재현한 것이다.

수평선 넘어로

김동인의 장편 추리소설. 상해 민족주의 단체의 일원인 서인준과 세계적 범죄조직 LC당은 윤 백작의 목숨과 윤 백작의 40만 원 공채를 사이에 두고 팽팽한 대결을 펼친다. 탐정은 아니지만 서인준은 LC당의 음모를 분쇄하고 공채 40만 원을 빼돌리는 데 성공한다. 인준과 LC당 당수의 매력적인 아내와의 애절한 로맨스도 매우 흥미롭다.

김동인, 『수평선 넘어로』, 영창서관, 1949[1934년 첫 발표]

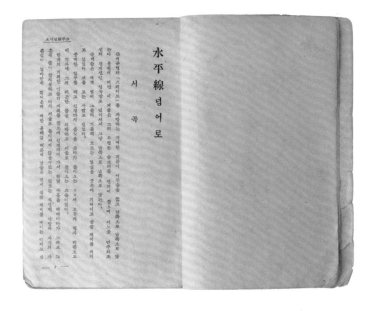

공채 40만 원

상해 임시정부 소속으로 짐작되는 서인준의 귀국 목적은 윤 백작의 40만 원 공채를 빼앗는 것이다. 마피아를 연상시키는 국제 범죄조직 LC당도 윤 백작의 공채를 노리고 경성에 잠입한다. 『수평선 넘어로』는 서인준과 LC당과의 치열한 각축이 손에 땀을 쥐게 하는데, 이들의 숨막히는 대결은 결국 공채 40만 원을 차지하기 위함이다. 아래 사진은 1944년 조선식산은행에서 발행한 공채(애국채권)이다. 시기는 다르지만 서인준과 LC당이 먼저 차지하기 위해 숨막히는 대결을 벌인 공채는 아래 자료와 비슷한 것이었을 것이다.

1944년 조선식산은행 발행 공채(애국채권)(복제)

IV 한국을 대표하는 명탐정 - 유불란(劉不亂)

한국 근대 추리소설의 대표 작가는 단연 김내성입니다. 일본 유학 중 일본의 탐정소설 전문 잡지를 통해 데뷔한 김내성은 한국 근대문학사에서 최초이자 유일한 추리소설 전문 작가이기도 합니다. 대중성을 겸비한 작품의 완성도와 장대한 스케일, 탁월한 스토리텔링 능력은 한국 추리소설사에서 타의 추종을 불허합니다. 또한 파리의 괴도 신사 아르센 뤼팽을 만든 모리스 르블랑의 이름을 본떠 창조해 낸 유불란이라는 캐릭터는 한국을 대표하는 명탐정이자 세계에 내놓아도 손색없는 명탐정입니다. 「타원형의 거울」(1935)은 김내성이 추리소설가로 문단에 나온 정식 데뷔작입니다. 「탐정소설가의 살인」에서 유불란은 탐정소설가로 처음 등장합니다. 이 작품에서 유불란은 여주인공과 비극적 로맨스를 보여주는데, 이는 이후 작품에서도 반복적으로 나오는 모티프로 유불란을 특징짓는 결정적 장면이자 한국형 명탐정의 가장 두드러진 특징이기도 합니다. 『백가면』은 당시 아동들에게 크게 환영을 받은 소설로 이 작품을 통해 유불란의 명성을 전국에 떨치게 됩니다. 하지만 김내성이 추리소설로 본격적 성공을 맛본 것은 『마인』입니다. 『마인』은 유불란과 팜 파탈의 로맨스, 팜 파탈을 둘러싸고 벌어지는 연쇄 살인, 출생의 비밀과 복잡하게 얽힌 비밀스러운 가족사 등 한국 근대 추리소설의 최고봉을 보여줍니다.

타원형의 거울

김내성의 추리소설. 김내성은 1935년 이 작품을 통해 탐정소설가로
정식 데뷔했다. 작가가 일본 유학 중 일본 추리소설 전문잡지에 투
고하여 당선된 작품이다. 소설가의 아내가 교살된 시체로 발견되자
그 범인을 추적하는 내용이다. 이후 「가상범인」으로 제목을 고쳐 한
국에서 다시 발표하였다.

「新作探偵小説選集(신작 탐정소설 선집)」1936년판, 東京:ぷろふぃる社, 1936.
이 책에는 총 5편의 단편 추리소설이 실려 있는데, 이 중 첫 작품이 김내성의
「楕圓形の鏡(타원형의 거울)」이다.

『新作探偵小說選集(신작 탐정소설 선집)』에 있는 작가들의 사진화보.
가운데 다이아몬드형 사진이 김내성이다.

빅북으로 보는 『타원형의 거울』

『타원형의 거울』속 백상몽이라는 인물이 발간하는 추리잡지 괴인(怪人)을 빅북으로 재현한 것이다.

자빠져 있는 김나미의 시체. 그녀의 목이 평소 신던 살구색 명주 양말로 졸려 있다. 옷장에는 같은 짝의 양말이 걸려 있고, 김나미의 얼굴 전체가 충혈되어 있다.

괴인 怪人

미스테리한 수수께끼

증언 독점 공개 !

| 모현철 | 유시영 | 식모 | 이쁜이 |

·❀· 등장 인물 ❀·

모현철

38세 소설가
김나미의 남편

유시영

27세 신진 시인
김나미의 내연남

식모

전신불수의 노파
이쁜이의 어머니

이쁜이

19세 여노비
최초 시체 발견자

괴인(怪人)

김나미 살해사건

김나미(28세 피해자)
파자마를 입고
양말에 목 졸려 죽다

● (1) 현상모집 ●

경성(京城, 오늘의 서울)
에서 발간되는 탐정소설
잡지「怪人」은 그 10월호에
다음과 같은 현상 모집
광고를 실었다.

1. 출제자의 말

본사 발행의「괴인」이 창간 이래 불과 1주년도 못 돼서 이와
같은 장족의 발전을 본 것은 참으로 독자 여러분의 뜨거운 성원과
끊임없는 편달에 힘입는 바가 큰 것으로서 본사 일동은 고맙기
그지없는 일로 생각하고 있습니다. 이에 본사는 조금이라도
독자 여러분의 고마운 뜻에 보답코저 오는 1935년의 신년호,
곧「괴인」창간 1주년 기념호에 발표하는 글을 현상모집하려고
합니다. 비록 적은 액수라는 서운함이 있기는 하지만 정해자
(正解者)에게는 다음에 적은 상금을 드리기로 하고 있습니다.

현상모집

바야흐로 5년 전, 미궁 속으로 사라진 그 사건!

요컨대 이 현상 문제는 당국에서 미궁 사건으로서 흐지부지하게 묻어버린 문제의「김나미 살해사건」입니다. 그 사건은 여러분께서도 잘 아시는 바와 같이 지금으로부터 5년 전 평양에서 저질러진 참극으로서 아직도 누가 범인인지, 그리고 어떤 방법으로 살인이 저질러졌는지 전혀 미해결인 채로 남아 있습니다. 탐정소설 애독자는 물론이고 탐정 여러분 및 사회 일반의 응모가 있으시기를 간절히 바라마지 않습니다.

○○○신장개업 특별봉사
시대감각에 알맞은 여성의 미
세련된 기술진의 총 동원

멋의 집
가고화
의상실

괴인(怪人)

김나미 살해사건

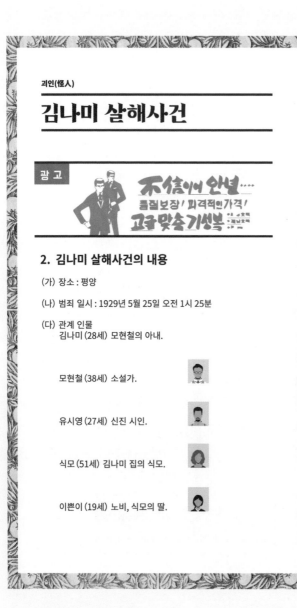
2. 김나미 살해사건의 내용

(가) 장소 : 평양

(나) 범죄 일시 : 1929년 5월 25일 오전 1시 25분

(다) 관계 인물
김나미 (28세) 모현철의 아내.

모현철 (38세) 소설가.

유시영 (27세) 신진 시인.

식모 (51세) 김나미 집의 식모.

이쁜이 (19세) 노비, 식모의 딸.

현상모집

(라) 범행 현장 및 주위 상황

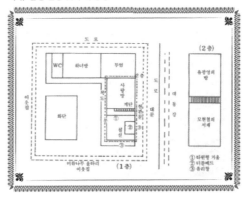

증거이자 흉기는 양말이었다.

얼굴 전체가 충혈돼 있기 때문에 약 5분간 질식한 끝에 죽은 것이고 피해 시각은 1시 25분께로 판명됐다. 피해자는 작은 몸에 섬약한 편이어서 거세게 저항한 흔적도 없고 물적 증거로서는 흉기인 피해자의 양말 이외에는 아무것도 없으며, 달리 잃어버린 금품도 없었다.

살인예술가

작가가 일본에서 발표한 「타원형의 거울」을 제목과 내용을 고쳐 한
글로 다시 발표한 작품. 『조광』 1938년 3월부터 5월까지 3회에 걸쳐
연재되었다.

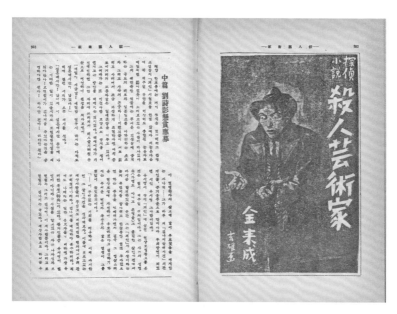

김내성, 「살인예술가」, 『조광』 1938년 4월

김내성, 「살인예술가」, 『조광』 1938년 5월

탐정소설가의 살인

김내성이 일본에서 일본어로 발표한 추리소설. 이 작품에서 유불란이 탐정소설가로 처음 등장한다. 극단 해왕좌 대표 박영민이 살해당하자 탐정소설가 유불란이 범인을 밝히기 위해 활약한다는 내용이다.

『ぷろふぃる(프로필)』1935년 12월.
이 잡지에 「探偵小說家の殺人(탐정소설가의 살인)」이 실려 있다.

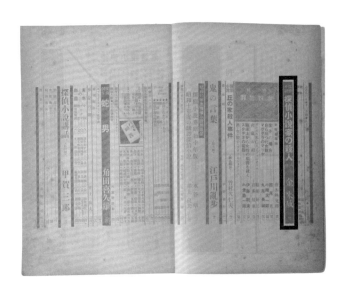

김내성, 「探偵小說家の殺人(탐정소설가의 살인)」, 『ぷろふぃる(프로필)』 1935년 12월

가상범인

김내성이 일본에서 발표한 「탐정소설가의 살인」을 「가상범인」으로
제목을 고치고 내용을 대폭 개작하여 한글로 다시 발표한 작품. 다
시 고쳐 쓰면서 분량도 소품 수준에서 중편 규모로 늘어났고, 원작
에서는 볼 수 없던 유불란의 로맨스가 덧붙여졌다.

김내성, 「가상범인」, 〈조선일보〉 1937년 2월 13일(복제)

가상범인

『광상시인』은 작가가 해방 전 썼던 추리소설 5편을 묶어 펴낸 추리
단편집이다. 여기에 「가상범인」이 실려 있다.

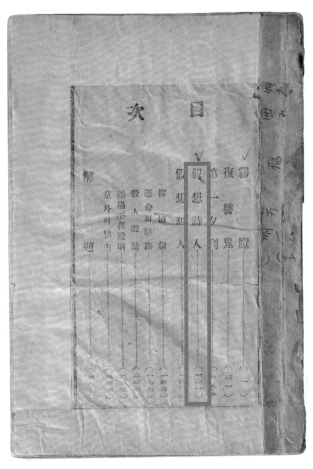

김내성, 「가상범인」, 『광상시인』, 동방문화사, 1947

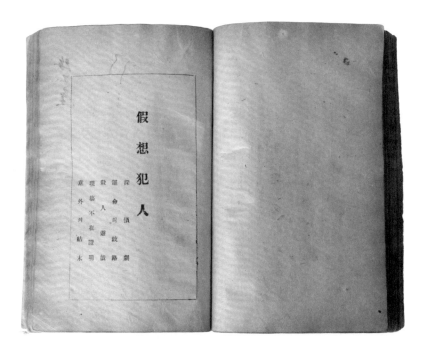

假想犯人

探偵의 跋劇
運命의 岐路
殺人의 遊戲
現場不在證明
意外에서 結末

탐정소설가의 살인

일본의 탐정소설 전문잡지 『환영성』에 재게재된 작품. 이때 게재된
것은 김내성이 일본에서 발표한 일본어판이다. 따라서 제목도 원작
의 것을 그대로 따랐다.

『幻影城』 1975년 6월. 이 잡지에 「探偵小說家の殺人(탐정소설가의 살인)」이 실려있다.

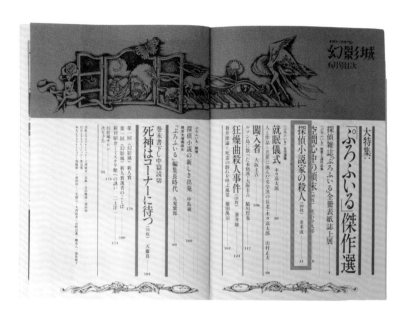

빅북으로 보는 『탐정소설가의 살인』

연극 : 가상범인

나용귀

목소리 변조의 달인
29세 나용귀 역

유불란

탐정 소설가이자
유불란 역

이몽란

카르맨 같은 팜 파탈 배우
24세 이몽란 역

해왕좌(극단)의 좌장(단장) 박영민의
살인사건이 벌어지고 박영민의 부인
이몽란이 범인으로 지목된다.
이몽란을 사랑하는 유불란은
그녀의 무죄를 입증하기 위해
용의자들을 불러모아
연극 <가상범인>을 공연하여
직접 범인을 밝히고자 한다.

나용귀는 본인이 범인이라고 자백하지만
임 경부는 나용귀의 집에서 발견된 사진을
근거로 그의 자백을 의심한다.

 줄 거 리

나용귀

"범인은 이 몸이오!"

임 경부

자신이 범인임을 자처하는 나용귀·그러나 임 경부는 나용귀의 자수를 기각한다.

임 경부

나용귀는 본인이 범인이라고 하지만, 범인은 나용귀일 수 없네! 죽은 직후 찍힌 것으로 추정되는 사진을 보자면 11월 23일 9시 32분 시계는 총에 맞아 멈추었고 일력 역시 그 이후로는 넘어가지 않았다네.

임 경부

이는 피해자가 11월 23일 9시 32분에 사망했다는 증거지! 그 당시 알리바이가 있는 나용귀는 범인이 될 수가 없다네.

〈카메라 속 사진 확대〉

〈카메라 속 사진〉

유불란

당신의 알리바이에는 큰 오류가 있소.
이 확대 사진을 보시면 알 수 있을 거요.
나의 풀이 방법이 궁금하다면, 이 전자암호문(QR코드)을 읽어 보시게.

탐정소설가의 살인
探偵小說家の殺人

백가면

유불란의 명성을 전국에 떨친 계기가 된 소년탐정소설. 세계적인 도적 백가면은 발명가 강영제 박사가 개발하고 있는 비밀 기계의 설계도를 빼앗기 위해 조선에 잠입해 박사를 납치한다. 강 박사의 아들 수길과 친구 대준은 유불란에게 도움을 청하고 유불란과 수길, 대준은 힘을 합쳐 강 박사를 구하고 백가면의 정체를 밝혀낸다.

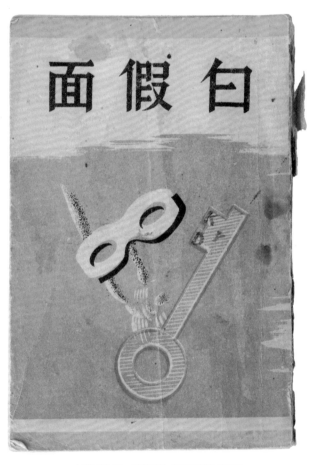

김내성, 『백가면』, 조선출판사, 1946[1937년 첫 발표]

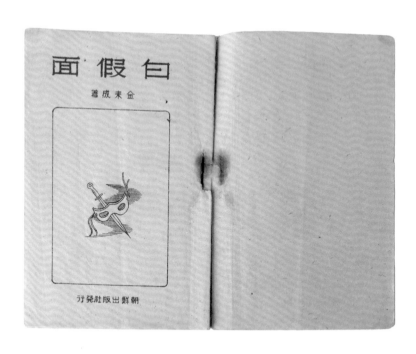

白假面

金末成 著

朝鮮出版社 發行

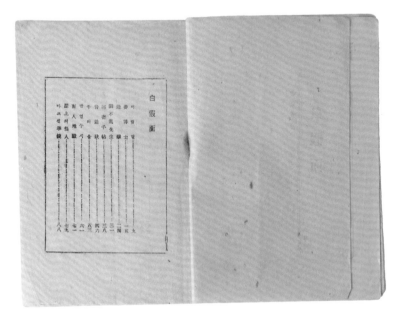

白假面

유불란에게 보내는 강영제의 비밀수첩

조선의 위대한 발명가 강영제 박사의 비밀수첩을 각색한 것이다. 이 속에 비밀무기 설계도가 있어 유불란과 백가면이 이 수첩을 손에 넣고자 한다.

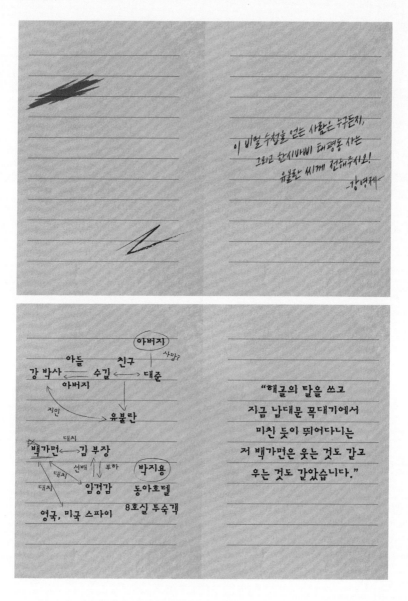

이 비밀수첩을 얻는 사람은 누구든지,
그리고 한시바삐 태평동 사는
유불란 씨께 전해주시오!
－강영제

아버지
사망?
아들   친구
강 박사 ← 수길 ← 대준
아버지
지인   유불란

대치
백가면 → 김 부장
선배 ↕ 부하
대치   박지용
대치   임경감   동아호텔
영국, 미국 스파이 8호실 투숙객

"해골의 탈을 쓰고
지금 남대문 꼭대기에서
미친 듯이 뛰어다니는
저 백가면은 웃는 것도 같고
우는 것도 같았습니다."

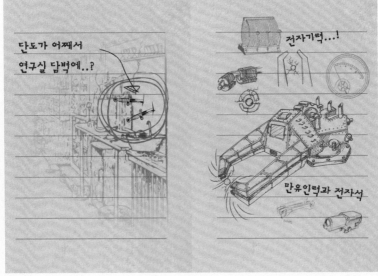

서울→봄베이→셀론도(스리랑카)→
→런던→베를린→
말라카→사잠프론(영국 사우스햄튼)
파리→뉴욕 →상해→서울

"수길아!
너는 기뻐서 우느냐.
슬퍼서 우느냐?"

백가면과 유불란의 활약

백가면을 쫓는 유불란과 백가면의 정체가 밝혀지는 과정을 표시한
것이다.

마인

한국 근대 추리소설의 최고 걸작. 부모의 원수를 갚으려는 치밀한 복수에서 비롯된 팜 파탈에 의한 연쇄 살인, 팜 파탈을 사랑하는 유불란, 유불란에 의해 점점 드러나는 출생의 비밀 등 사건의 전모는 처음부터 끝까지 눈을 뗄 수 없는 한국 근대 추리소설의 최고봉이라는 명칭이 전혀 아깝지 않은 작품이다.

『마인』 스토리북

김내성, 『마인』, 〈조선일보〉 1939년 2월 14일(복제)

아버지의 재혼을 앞둔 **정란**에게
협박편지가 도착한다.

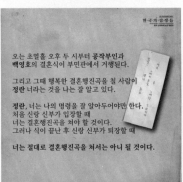

오는 초열흘 오후 두 시부터 **공작부인**과
백영호의 결혼식이 부민관에서 거행된다.

그리고 그때 행복한 결혼행진곡을 칠 사람이
정란 너라는 것을 나는 잘 알고 있다.

정란, 너는 나의 명령을 잘 알아두어야만 한다.
처음 신랑 신부가 입장할 때
너는 결혼행진곡을 쳐야 할 것이다.
그러나 식이 끝난 후 신랑 신부가 퇴장할 때

너는 절대로 결혼행진곡을 쳐서는 아니 될 것이다.

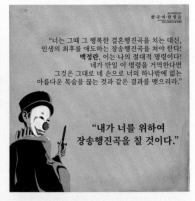

"너는 그때 그 행복한 결혼행진곡을 치는 대신,
인생의 최후를 애도하는 장송행진곡을 쳐야 한다!
백정란, 이는 나의 절대적 명령이다!
네가 만일 이 명령을 거역한다면
그것은 그대로 네 손으로 너의 하나밖에 없는
아름다운 목숨을 끊는 것과 같은 결과를 맺으리라."

**"내가 너를 위하여
장송행진곡을 칠 것이다."**

정란은 칼날이 서려 있는 듯한 협박편지에
얼마 전 있었던 습격 사건이
영사기에서 나오는 것처럼 또렷이 기억났다.

칼에 찔려 창백히 쓰러진
공작부인 주은몽의 모습이.

주은몽은 범인이
어릴 적 함께 놀던
백도사의 소년

승려 해월이라고 말한다.

1 2
3 4
5 6

"저를 사랑하는 해월이
복수하기 위해 그러는 것이 분명해요."

변성명하고 주은몽과 교제해오던
탐정 유불란은 해월을
추적하기로 마음먹는데...

해월,
그의 정체는 과연 무엇인가?
그리고
유불란은 복잡하게 얽힌 사건을
해결할 수 있을 것인가?

마인
1939 魔人

처연한 복수귀 해월의 이야기가 담긴
한국 근대 추리소설의 최고봉
『마인』의 이야기가 궁금하다면

7 8
9

마인

해방 후 발행된 『마인』 단행본. 범죄편과 탐정편 두 권으로 나누어
발행되었다. 이 책은 19판인데, 이를 통해 『마인』이 해방 후에도 엄
청난 인기가 있었음을 알 수 있다.

김내성, 『마인』 범죄편, 해왕사, 1948. 박진영 소장

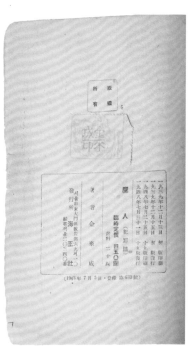

김내성, 『마인』 탐정편, 해왕사, 1948. 박진영 소장

영화 〈마인〉 포스터

한국 근대 추리소설의 최고봉 『마인』의 영화 포스터. 한형모 감독의
연출로 1957년 영화화되었다. 서울의 중앙극장에서 개봉되었는데
'한국 최초의 탐정 영화'로 선전되었다.

영화 〈마인〉 포스터, 동도공사 영화부·한형모프로덕션, 1957. 양해남 제공

영화 〈마인〉 팸플릿

한국 근대 추리소설의 최고 걸작 『마인』은 해방 후 1957년과 1969년
두 차례 영화화되었다. 아래 자료는 1969년 개봉된 작품으로 박노
식, 김지미, 허장강 등 당대 내로라하는 스타들이 출연했다.

영화 〈마인〉 팸플릿, 대양영화주식회사, 1969

엔필드 리볼버

『마인』에 나오는 살인 도구는 칼과 총이다. 은몽의 남편 백영호의
아들 백남수, 백영호의 딸 백정란의 약혼자 문학수는 각각 은몽과
오상억의 총에 맞아 사망한다. 여기 전시된 자료는 일제강점기 실제
사용된 권총의 모형으로 독립군의 무기로도 사용되었다고 한다.

엔필드 리볼버(Enfield Revolver) No2 MK1(모형). 김명환 소장

해월의 협박 편지

작품 첫 장면, 어릿광대 분장을 한 인물이 백영호와 은몽의 결혼 축하 가장무도회에서 신부 은몽을 칼로 찌르고 사라진다. 이 어릿광대는 둘의 결혼식을 방해하기 위해 결혼식에서 피아노를 연주하기로 되어 있던 백영호의 딸 정란에게 편지를 보내 결혼축하곡 대신 장송행진곡을 치라 협박한다. 정란은 결혼식에서 장송행진곡을 연주하고, 해월을 목격한 은몽은 패닉에 빠지고 결혼식장은 아수라장이 된다. 전시된 편지는 해월이 정란에게 보낸 협박편지를 재현한 것이다.

> 정란, 너는 어떤 일이 있을지라도 나의 명령을
> 거역해서는 안 된다. 나는 까닭이 있어 다음과 같은
> 명령을 너에게 내리노라. 오는 초명흘 오후 두 시부터
> 공작부인과 백영호의 결혼식이 부면관에서 거행된다.
> 그리고 그때 행복한 결혼행진곡을 칠 사람이 백정란 너라
> 는 것을 나는 잘 알고 있다. 그러면 정란, 너는 나의
> 명령을 잘 알아두어야만 한다. 처음 신랑 신부가 입장할
> 때는 물론 너는 결혼행진곡을 쳐야 할 것이다. 그러나 예물
> 을 교환하고 식이 끝난 후 신랑신부가 퇴장할 때 너는
> 절대로 결혼행진곡을 쳐서는 아니 될 것이다. 너는 그때 그
> 행복한 결혼행진곡을 치는 대신, 쇼팽의 장송행진곡을
> 쳐야 한다! 백정란, 이는 나의 절대적 명령이다!
> 네가 만일 이 명령을 거역한다면 그것은 그대로 네 손으로
> 너의 하나밖에 없는 아름다운 목숨을 끊는 것과 같은 결과
> 를 맺으리라. 내가 너를 위하여 장송행진곡을 칠 것이다.
> 다시 말하노니, 정란! 나의 명령은 절대다! 쇼팽의 장송행진곡
> 을 완전히 마치는 순간까지 너는 이 비밀을 절대로 입 밖에
> 내서는 안 된다. 그리고 다른 피아니스트를 대신 세워도 안
> 된다. 너는 어떠한 일이 있더라도 그날 꼭 쇼팽의 장송행진곡
> 을 쳐야 할 운명에 사로잡힌 자다.
>
> 저번날 공작 부인에게 칼을 던진 어릿광대로부터

『마인』 신문 연재 삽화

『마인』은 〈조선일보〉 1939년 2월부터 10월까지 연재되었다. 매일 최근배 화백(1910~1978)의 삽화가 같이 실려 소설의 박진감과 읽는 맛을 더했다. 이 자료는 〈조선일보〉에 실린 『마인』의 연재 삽화를 모은 것이다.

V 변질된 탐정들

1937년 중일전쟁, 1941년 태평양전쟁 등 일본의 연이은 제국주의 침략 전쟁으로 인해 조선 사회 전체가 전체주의적인 전시 체제로 전환됩니다. 1941년 진주만 침략으로 시작되는 태평양전쟁은 영국과 미국을 싸워 격멸시켜야 할 주적으로 만들어 버립니다. 이러한 상황은 추리소설과 작품 속 탐정의 역할을 의외의 상황으로 몰아갑니다. 특히 『백가면』과 『마인』의 성공으로 최고의 추리소설 작가가 된 김내성과 조선 최고의 명탐정으로 우뚝 솟은 유불란의 변질은 그야말로 놀랍습니다. 『마인』에서 팜 파탈에 미혹되어 진범을 놓친 뒤 탐정 폐업을 선언한 유불란은 『태풍』에서 화려하게 귀환합니다. 하지만 이 작품에서 유불란은 일제의 전쟁 승리를 위해 영국과 미국의 스파이를 색출하여 검거하는 최선봉의 역할을 기꺼이 떠맡습니다. 『태풍』 종료 두 달 뒤 발표되는 『매국노』에서도 이러한 모습은 계속 이어져, 유불란은 일본 제국의 군사 기밀을 보호하기 위해 서구의 스파이들과 맞서는 맹렬한 방첩 활동을 보여줍니다. 문세영의 『사선을 넘어서』는 중국과 일본을 무대로 하여 일본의 군사기밀 보호와 대동아공영권의 완수를 위한 스파이들의 활약을 그린 장편 작품입니다.

태풍

김내성이 조선총독부 기관지 〈매일신보〉에 연재한 장편 추리소설.
'방첩소설'이라 할 수 있다. 『마인』에서 탐정폐업을 선언한 유불란은
『태풍』에서 화려하게 귀환한다. 이 작품에서 유불란은 '대동아공영
권'의 성공적 완수를 위해 영미의 스파이들을 일망타진하는 '애국자'
로 변질되어 등장한다.

김내성, 『태풍』, 매일신보사출판부, 1944[1942년 첫 발표]. 박진영 제공

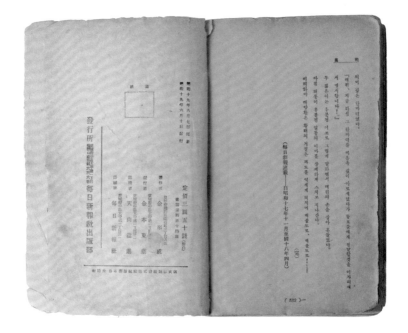

매국노

스파이가 등장하는 장편 추리소설. 친일 색채가 농후했던 월간 잡지
『신시대』에 연재되었다. 이 작품은 등장인물의 면면이나 작품 내적
시간 등을 보았을 때, 『태풍』 이후의 이야기에 해당한다. 『태풍』에
서 영미의 스파이를 소탕한 유불란은 이 작품에서도 일제에 충성하
는 '애국방첩협회장'으로 등장하여 경성에 잠입한 서구의 스파이들
과 격돌한다.

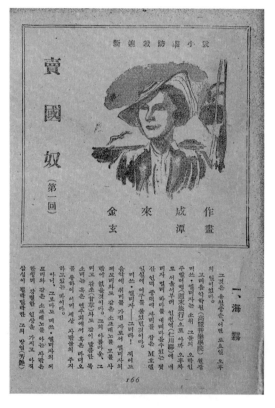

김내성, 「매국노」, 『신시대』 1943년 7월 ~ 1944년 6월(미완). 고려대학교 도서관 제공

사선을 넘어서

중국과 일본을 배경으로 일본의 '대동아공영권' 완수를 위해 중국과 일본의 스파이들의 격돌을 그린 장편 소설로 '방첩소설'에 해당한다. 호수를 배경으로 한 보트 추격전, 1대 5로 싸우는 전투기의 공중전 등 손에 땀을 쥐게 하는 장면이 많지만, '아시아 민족 해방'이라는 일제의 침략논리를 전면에 내세우고 있어 철저한 친일소설이라 할 수 있다.

문세영, 『사선을 넘어서』, 남창서관, 1944

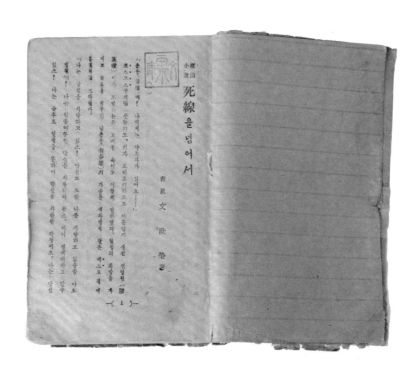

探偵
小說

死線을 넘어서

青眼 文世榮著

—(1)—

결전하 문학자의 사명

일제 말기 일제 조선총독부가 문학자들에게 가져야 할 태도에 대해 쓴 사설이다. 이 사설을 게재한 〈매일신보〉는 조선총독부의 조선어 신문이다. 이 사설에서 강조되는 것은 '결전하 황도문학(皇道文學)을 확립하여 붓을 칼로 삼고 적의 모략을 격퇴하여 국민의 적개심을 앙양'하는 것이다. 『태풍』, 『매국노』 속의 탐정-유불란의 임무는 서구 스파이들의 '모략'을 격퇴하여 영미에 대한 국민들의 적개심을 불러일으키고 유지하는 것이다.

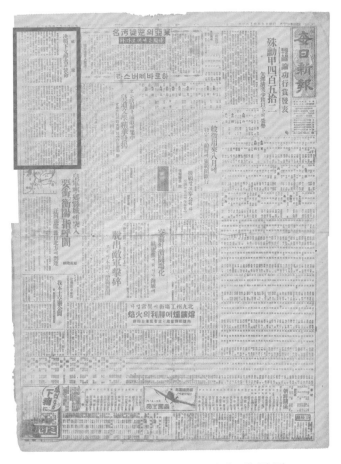

사설, 「결전 하 문학자의 사명」, 〈매일신보〉 1944년 6월 20일. 개인 소장

애국반 수첩

애국반은 일제 말 전시 체제하에서 조선인의 생활을 감시·통제하기 위해 만들어진 조직. 초기에는 황민화를 위하여 신사참배와 반상회 참가를 요구하였으나, 전쟁의 확대와 함께 갖가지 동원을 위한 기초 단위로 되어 갔다. 강제 근로봉사, 저금, 일본어 보급, 금은 식기 공출 등을 위한 최하부 말단 조직이다. 이 수첩은 애국반원에게 배부한 것으로, 등화관제 등 방공(防空)에 대한 사항과 비상시 취해야 할 행동 지침 등이 수록되어 있다.

「애국반 수첩」, 조선도서출판주식회사, 1943. 개인 소장

황국신민의 서사 및 궁성요배 전단지

일제 말기 친일사상을 주입하기 위해 학생들에게 배부한 〈황국신민의 서사〉와 궁성요배 전단지. 유불란은 '애국방첩협회장'으로서 아래 자료와 같은 학생용은 아니지만 내용은 동일한 〈황국신민의 서사〉를 항상 휴대하고 있었을 것이다. 또한, 일본 천황이 있는 황궁을 향해 절을 할 것을 강요하는 전단지는 눈에 잘 띄는 곳에 붙여 놓는 용도였다. 『태풍』과 『매국노』에서 영미의 스파이들을 색출·일망타진하기 위해 동분서주하는 유불란의 방 안에도 이러한 전단지가 붙어 있었을 것이다.

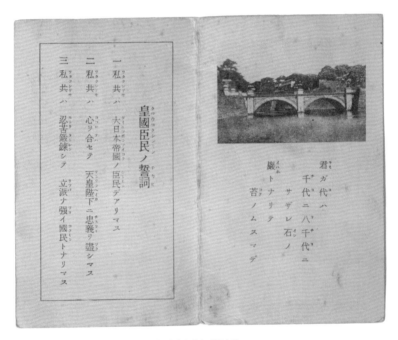

황국신민의 서사. 개인 소장

궁성요배 전단지. 개인 소장

친일 팸플릿 및 애국반 회보

'대동아공영권 완수'라는 미명하에 일으킨 침략전쟁의 현실 속 사람들의 마음가짐을 지시하는 각종 자료. 애국반 구성원의 주의할 점, '결전생활(決戰生活)'하에 가져야 할 태도, 적의 스파이(밀정)를 색출하자는 내용들이다. 이는 『태풍』, 『매국노』 등 작품 속 유불란이 항상 강조하는 것에 다름 아니다.

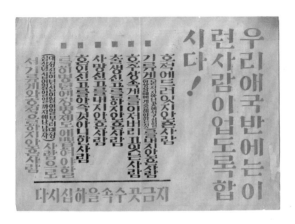

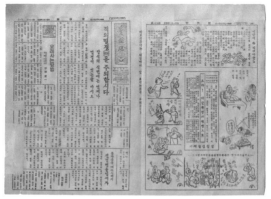

친일 팸플릿 및 애국반 회보. 식민지역사박물관 제공

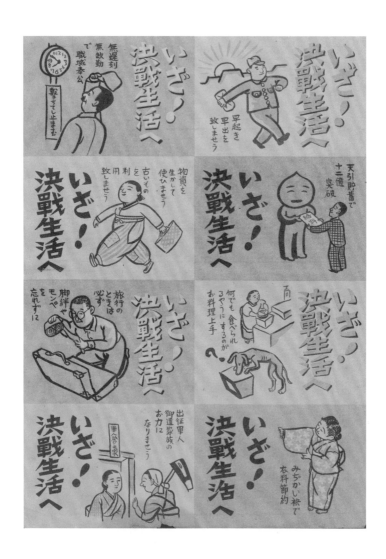

VI 해방기 탐정,
애국 탐정
- 장비호(張飛虎)

방인근은 한국 근대문학을 대표하는 대중소설 작가입니다. 또한 그가 창조한 장비호는 해방 전의 유불란을 잇는 명탐정입니다. 새로운 국가 건설이 최대 과제였던 해방기는 나라를 만드는 방법론을 둘러싼 좌우 이데올로기의 대립으로 인해 매우 혼란스러웠습니다. 방인근의 탐정소설과 장비호의 활약에는 이러한 시대적 과제와 현실의 혼란상이 고스란히 투영되어 있습니다. 문학, 미술, 음악에도 조예가 깊고 격투기에도 능한 아주 잘생긴 멋쟁이 청년 장비호는 당대 최고의 미녀들과 낭만적 로맨스를 나누면서 경찰도 두 손 드는 불가사의한 사건을 뛰어난 능력으로 척척 해결해 냅니다. 이와 같은 장비호의 활약은 36년간 이 땅을 강제 지배한 일본에 대한 강한 적대감과 일제가 약탈해 간 민족의 보물을 수호해야 한다는 애국적 사명감과 맞물려 더욱 빛을 발합니다. 여기 전시된 일곱 작품에는 멋진 로맨티스트이자 민족애가 넘치는 애국 탐정 장비호의 뛰어난 활약이 담겨 있습니다.

나체미인

해방기 명탐정 장비호가 등장하는 첫 작품. 장비호는 유불란을 잇는
한국을 대표하는 명탐정이다. 이 작품은 『살인마』라는 제목으로도
발표된 적이 있다. 쌀가마니에 담겨 웅덩이에 버려진 나체 미인 시
신 사건을 장비호가 추적하여 해결한다는 내용이다.

방인근, 『미인 스파이』, 대문사, 1958.
이 책에 「나체미인」[1946년 첫 발표]이 실려 있다.
단국대 도서관 소장

裸體美人

一、빨가버슨 송장

韓國　方仁根　作

서울 지터다.

초원의 녹음이 우거젓고 고무성한 잔디바닥을 충
울흔다.

장토아니요 호수도아닌 커다란 유원지에 낙시채를 질처노코 못오르가지고

하나는 말질남즉히 럼비어오 한나는 일제때조전 소년이다.

「성장부─ 으늘은 도기가 영 안물합니 해방일까조전 소년이가

「글쎄말이다─ 미운핑다 코기가담이 물물뎌─ 이상타나 이럿케 따햇가가 럴럭

이 송닙지는 말은뜨는 모테가 걸순뜨는 무서너임아나이아 경주

는 웬일이 부서울만 안댓다。석앙바람에 아즉사아라 푹앙가가 롱거어 오랑제보다. 넘어가

「석장님─ 저게 뭐래요 Y」하고 소년이 손이짓는

장비호(張飛虎)는 소년이 가락지는 곳을 바라보앗다。거기에는 물속에 쓰고 이를스름

「그게 뭐냐? 이상하다」

「슌간 그것이 푹서 중물이나 아녈가하는 생각으로 둘이〈CUT2〉 바지거렝이를 겻을 불후으로 을이써가서 그이상궤것이 잇슨데도 가까이 가

더니 소스라치게 놀내어 뒤로 펄젹 물너서에서 소리친다。

「성장님!」이떼와 부서서 늘후쇼 소리이는 흉이

지거니하나 사람의 머리칼은 녑늘너싯겟고 그아팩는 가락이 어름처럼 찻차는것이 되엇다。그몸은

손흘이 쭈거치돼 물네맞는것이 암직이 돼엇섯다。

「쭈껭인가부마─」

장비호 명함

한국을 대표하는 명탐정 장비호의 명함. 장비호는 경찰을 미궁에 빠뜨린 강도살인과 테러 사건 등을 몇 차례 해결한 공로가 있다. 이에 정부와 경찰은 장비호를 '경무부' 및 '수도경찰청 수사과', '촉탁'으로 위촉한다. 경무부와 수도경찰청은 오늘날로 치면 각각 행정안전부와 서울경찰청에 해당한다. '촉탁'은 정부 기관에서 임시로 일을 맡아 보는 사람을 가리키는 말이다.

장비호 명함(재현)

국보와 괴적

장비호가 한중일 삼국에서 맹활약하는 장편 추리소설. 조선의 국보인 신라 금관과 고구려 귀걸이를 훔쳐간 도적들을 추적하여 일망 타진하고 도난당한 국보를 되찾아오는 내용이다. 장비호는 일본을 거쳐 중국에서 도적들을 체포하고 국보를 되찾는데, 동아시아를 종횡무진 누비는 장비호를 지탱하는 것은 국보를 되찾아야 한다는 민족적 사명감이다.

「국보와 괴적」 스토리북

방인근, 「국보와 괴적」, 평범사, 1958[1948년 첫 발표]. 서울시립대 도서관 소장

머 릿 말

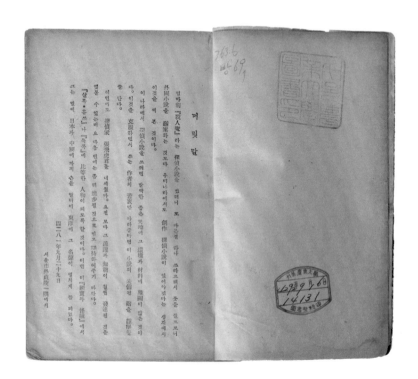

얼마前「殺人魔」라는 探偵小說을 읽더니 마음껏 다시 쓰라고 붓을 들고보니

外國小說을 飜案하는 것보다 우리나라에서도 創作 探偵小說을 읽어야겠다는 생각에서

이것을 써 본 것이다.

이 나라에서 探偵小說을 쓰려면 좋은 곳보다 그 環境과 材料이 難關이 많은 것이

다. 이것은 克服하면서 쓰는 作者의 苦哀만 아라주더라면이 小說의 完備된 結을 諒解할

줄 안다.

探偵家 張飛虎君을 내세웠으나 요전보다 그 活躍과 細體이 될렬 發達된 것을

이만에도 比等한 人物이 되도록 할 것이다. 이렇거 이「寶와 姓氏」에서

「살루·홈쓰」나「뤼팡」에 比等한 人物이 되도록 할 것이다. 이렇거 이「寶와 姓氏」에서

그는 벌써 日本과 中國에 까지 活躍을 벌티어 東洋에 그 名聲이 떨치게 될 터이다.

四二八一年九月二十九日

서울市外貞陵─關에서

카드뉴스로 보는 『국보와 괴적』

금은세공사 **김선국**의
음독 살인사건이 발생한다.

수도경찰청장 노해룡은
김선국의 부인과 정부(情夫)를 의심하지만

탐정 장비호는 장례식장에서 목격한
수상한 인물 **피달수**에게 주목한다.

장비호는 **피달수**가 여는 마굴 같은
댄스파티에 잠입한다.

영사기가 비추는
각국의 춘화도를 배경으로
천박한 춤을 추며 음란한 짓을 하는 사람들...

"이런 인물들과 독립을 어떻게 하며,
장차 민생 문제를 어떻게 해결할 것인가?
이 나라는 지금 흥망이 달린 위급존망지추인데
이것이 인생으로 국민으로 양심 있는 행동일까?"

장비호는 **피달수**의 댄스파티에서
그의 부인 **아야꼬**와 장인 **하마구치**가
일본인이라는 사실과 그들이 **신라 금관**과
고구려 귀걸이 등 국보를 훔쳤다는
사실을 알게 된다.

장비호는 죽은 **김선국**의 귀신으로 변장하고
김선국 살인 사건의 진상과
국보의 행방을 알아내기 위해 다시 잠입한다.

1 2
3 4
5 6

장비호는 이들의 목표가
국보라는 사실을 알아내지만

하마구치와 피달수는 국보를 훔쳐
외국으로 도망가버리고 장비호는 이들을 뒤쫓는데...

과연 민족 탐정 장비호는
하마구치와 피달수가 훔쳐 간 국보를 되찾고
사건을 해결할 수 있을 것인가?

애국 탐정 장비호의 국보 추적기가 담긴
『국보와 괴적』의
이야기가 궁금하다면

7 8

9

신라 금관

『국보와 괴적』 속 도난당한 조선의 국보. 이 작품의 범인은 하마구치와 그의 사위 피달수인데, 이들은 신라 금관과 고구려 귀걸이의 뛰어난 작품성을 간파하고 이를 훔쳐 중국이나 인도인에게 팔아먹으려 한다.

신라 금관(재현)

도난당한 국보를 되찾기 위한 장비호의 국제적 활약

범인 하마구치와 피달수를 쫓고 이들이 훔쳐간 국보를 되찾기 위한
장비호의 국제적 활약을 지도 위에 정리한 것이다.

괴시체

온천에서 발견된 젊은 여인의 익사체 관련 사건을 장비호가 추적하여 해결하는 장편 추리소설.

방인근, 『괴시체』, 대지사, 1954[1949년 첫 발표]. 서울시립대 도서관 소장

그날밤은 참으로 즐거웠다 다 부르고 나서
「우수께는 참좋았습니다」하고 그녀를 칭찬하였다. 그러나 그는
「저 사람밖에 우슬 줄을 모르나요」
「네」
「그러면 칭찬으로 보내겠는」
「와요」
그 장비호는 그들에게 몸짓을 부탁한 표정으로 말을
장비호는 파출소파리서 경찰에게 불려와 자꾸를
우차를 불러타고 가고 있었다 수도경까지 호송하리고 하고오나 자
영원의 부모와 땅과 영혼의 깃으로 갔다.
자비호는 그것을 타타보면서 만족한듯 빙그레
웃었다.

— 끝 —

檀紀四二八六年十二月二十五日 印刷
檀紀四二八七年 一月 一日 發行

版權
所有
(任晶證)

著作兼
發行者 白 喜 原

大 志 社
서울特別市中區苧洞一二〇
(登錄四二八六・八・三一・第二九號)

印刷所 慶 性 印 刷 所
釜山市寶水洞二街三二番地
(電話四二四一・二四〇)第二三號

값 一二〇圜

범인의 협박 편지

『괴시체』에서는 범인이 돈을 뜯기 위해 보낸 협박 편지가 사건 해결의 결정적 단서가 된다. 아래 자료는 범인들이 영실에게 아버지를 납치했으니 돈을 가져오라고 보낸 편지를 재현한 것이다. 장비호는 이 편지를 단서로 범인을 추적하여 사건을 해결한다.

원한의 복수

방인근의 장편소설. 액자 형식으로 되어 있다. 억울하게 죽음을 당
한 부모의 원수를 갚기 위해 치밀하게 복수극을 펼치는 범인과 이를
제지하는 장비호의 활약이 애절하게 전개된다.

방인근, 『원한의 복수』, 진문출판사, 1962[1949년 첫 발표](복제). 국립중앙도서관 제공

우진혁의 유서

『원한의 복수』의 범인은 인상화라는 청년으로, 본명은 우성훈이다. 우성훈의 부모인 우진혁과 화선은 조정태라는 악인의 음모에 의해 억울한 죽음을 맞았는데, 성훈은 모친인 화선이 죽음에 임박해 보여 준 아버지 우진혁의 유서를 통해 부모의 원수가 누구인지 알게 되어 치밀한 복수를 꾸민다. 아래 자료는 성훈이 복수를 단행하게 하는 결정적 단서가 된 우진혁의 유서를 재현한 것이다.

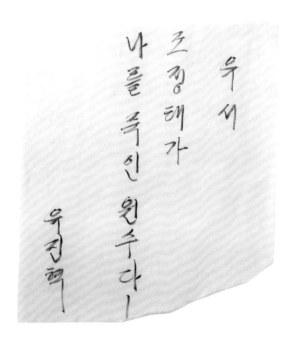

대도와 보물

뤼팽과 같은 대도(大盜)와 명탐정 장비호의 대결이 펼쳐지는 장편 추리소설. 미국 시카고 갱단이 은행을 터는 장면으로 시작하는 이 작품은 미국 교포이자 시카고 갱단 두목인 진대도가 범인으로 등장한다. 진대도는 갱단 두목임에도 살인은 저지른 적이 없고 일본이 훔쳐간 우리 문화재를 되훔쳐오기도 하며 좋아하는 여인 앞에서는 지극한 순정파의 모습을 보여주는 매우 흥미로운 도둑이자 범인이다. 비중으로 볼 때 진대도가 주인공이라 해도 과언이 아닌 이 작품은 역으로 장비호가 탐정이자 주인공으로 등장하는 작품 중 장비호의 비중이 가장 작은 작품이기도 하다.

방인근, 『대도와 보물』, 대지사, 1953[1950년 첫 발표]

探偵
小說

方仁根著

大盜와寶物

서울
湖南文化社 발행

1. 銀行襲擊

미국(美國)이라고하면 누구나 다—큰것을 大都市라, 더구나 우리나라에는 동서의 탐국 질적인것으로 생각하나 무엇보다 이야기의부터 나가는 도회지다. 그러나 뉴욕(「뉴욕」)의 가장 번화한 「뿌로드웨─」가로이면서 아름답고도 복잡한 손씨는 거리는 조개다.

복수, 범죄왕

장비호가 탐정이자 주인공으로 등장하는 작품.

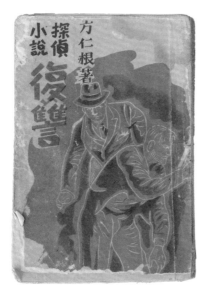

방인근, 『복수』, 문운당, 1948

방인근, 『범죄왕』, 범조사, 1957[1951년 첫 발표]

특별코너

20세기 초 한국에서 추리소설은 상당히 낯선 양식이었던 만큼 창작과 수용 모두에서 익숙해지기까지 상당한 시간과 훈련이 필요했습니다. 이 과정에서 외국 추리소설의 번역과 번안이 큰 역할을 수행합니다. 이곳에서는 독자들에게 추리소설의 다양한 매력을 전파하고 일깨운 번역·번안 추리소설을 소개합니다. 이 작품들은 외국 소설을 우리말로 옮긴 것이지만, 한국 근대문학사를 구성하는 엄연한 일부분이며 유불란과 장비호가 탄생하는 데 소중한 밑거름으로 작용했습니다.

지환당

프랑스 추리소설가 포르튀네 뒤 보아고베의 『묘안석 반지』(1888)를 중역한 작품. 일본의 추리작가 구로이와 루이코가 『지환』(1889)으로 옮겼는데, 『지환당』은 루이코의 작품을 우리말로 옮긴 것이다. 살인 현장에 우연히 연루되어 고초를 겪는 귀족부인, 귀족부인 부친의 사망과 재산 축적에 얽힌 범죄스런 비밀, 특이한 반지를 끼고 있는 범죄집단 등 흥미진진한 요소가 많다.

민준호 역술, 『지환당』, 보급서원, 1912. 국립중앙도서관 제공

누구의 죄

프랑스 추리소설가 에밀 가보리오의 『르루주 사건』(1866)을 이해조가 중역한 작품. 『르루주 사건』은 세계 최초의 장편 추리소설이며 명탐정 르코크가 탄생한 작품이기도 하다. 『지환당』과 같이 붙어 원본이 아닌 일본 작가 구로이와 루이코의 『사람인가 귀신인가』(1888)를 옮긴 것이다. 조용한 마을에서 일어난 과부 살인 사건과 이에 얽힌 출생의 비밀, 아이 바꿔치기, 거듭되는 반전 등 독자들의 호기심을 끊임없이 자극하는 작품이다.

이해조 번역, 『누구의 죄』, 박문서관, 1921[1913 첫 발표]. 개인 소장

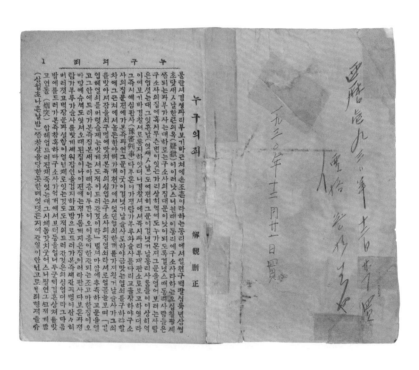

정부원

영국 작가 메리 브래든의 *Diavola; or, the Woman's Battle*(1866)을 이상협이 중역·번안한 작품. 역시 구로이와 루이코의 『버려진 쪽배』(1894)가 번역 대본이다. 이 작품은 여주인공 '정혜'를 중심으로 한 가정소설의 외피를 하고 있지만, 런던, 파리, 스위스, 피렌체 등 유럽을 무대로 펼쳐지는 사내들의 음모와 지략대결, 거듭되는 배신과 야욕 등을 화려하게 전개한 장편 추리소설이다.

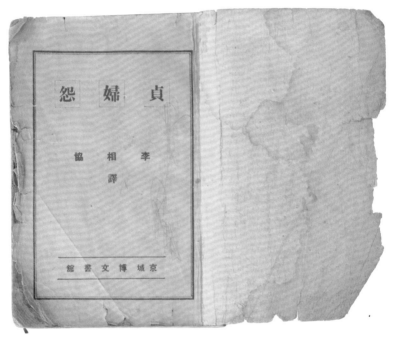

이상협 번안, 『정부원』, 박문서관, 1925[1914년 첫 발표]

충복

한국 최초의 셜록 홈스 번역작. 코난 도일의 단편 「세 학생」(1904)을 장두철이 우리말로 옮겼다. 시험문제 유출 진범을 밝히는 이 작품은 본고장 영국에서조차 한참 홈즈 시리즈가 연재되고 있던 와중의 소개였으니 매우 일찍 한국에 소개된 셈이다. 이 작품에서 홈즈와 왓슨은 각각 주뢰장, 심희창이라는 이름으로 등장한다.

장두철 번역, 「충복」, 〈태서문예신보〉 1918년 10월 19일(복제). 선문대학교 도서관 제공

붉은 실

코난 도일의 셜록 홈스 시리즈를 번역한 작품집. 일본어 중역이 아
닌 영어 원작을 직접 완역한 희귀한 사례에 해당한다. 홈즈가 주인
공으로 등장하는 장편 『진홍색 습작』과 단편 「보헤미아 왕」, 「붉은
머리」, 「보손 촌 사건」, 「비렁뱅이」 등 총 다섯 편의 작품을 번역하여
『붉은 실』이라는 제목을 붙여 출간한 것이다.

김동성 번역, 『붉은 실』, 조선도서주식회사, 1923[1921년 첫 발표]

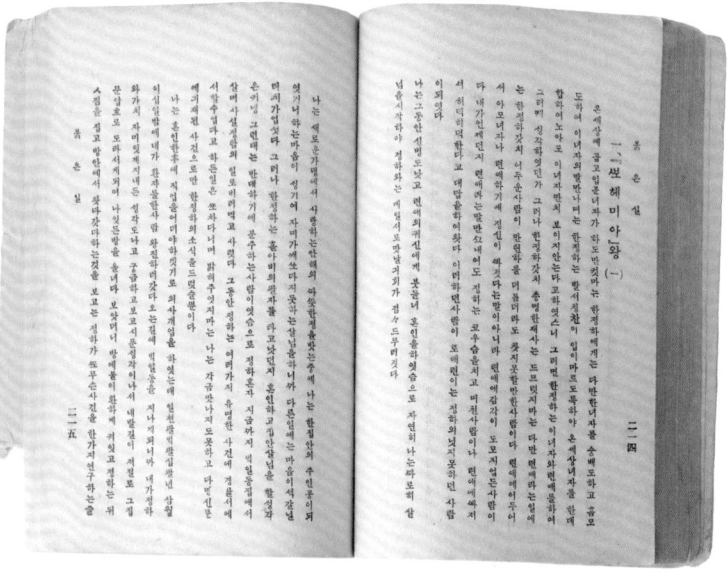

무쇠탈

프랑스 대중소설가 포르튀네 뒤 보아고베의 원작(1878)을 수필 「청춘
예찬」으로 유명한 민태원이 중역한 작품. 흔히 『철가면』이라는 제목
으로 유명하다. 번역 대본은 일본 작가 구로이와 루이코의 『철가면』
(1892)이다. 17세기 후반 프랑스를 배경으로 벌어지는 30여 년에 걸친
모험담과 무쇠로 만든 탈을 쓴 죄수가 등장하는 비밀과 추적의 이야
기이다.

민태원 옮김, 『무쇠탈』, 덕흥서림, 1952[1922년 첫 발표]

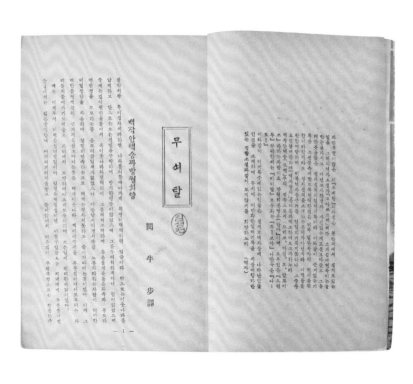

무 서 탈

閔 牛 步 譯

백작안래승과 방월희양

— 1 —

잃어진 보석

S. S. 반다인의 『벤슨 살인 사건』(1926)을 김유정이 우리말로 옮긴 작품. 김유정 사후 발표된 이 작품은 작가가 갖은 병마와 생활고에 시달리며 목숨이 경각에 달린 와중에 생의 마지막 안간힘을 다해 쓴 작품이라고 한다. 총에 맞아 죽은 주식중개인 벤슨 살인 사건을 엘리트 탐정 파일로 밴스가 해결하는 내용이다.

김유정 번역, 「잃어진 보석」, 『조광』 1937년 6~11월

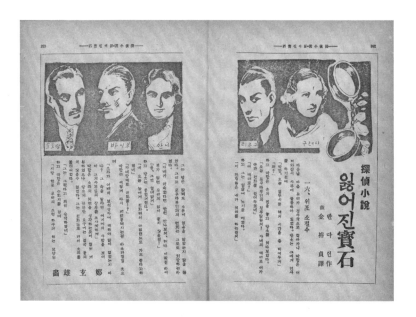

세계 걸작 탐정소설 전집

한국 근대문학사상 단 한 차례 기획된 세계 추리소설 전집. 〈조선일보〉의 계열사인 조광사에서 출판되었다. 1권과 3권 모두 각각 두 편의 추리소설이 번역되어 있다. 1권에는 각각 이든 필포츠의 『붉은 머리 레드메인 가문』(1922)이 김내성의 번역으로, 에밀 가보리오의 『르루주 사건』(1863)이 안회남의 번역으로 실려 있다. 3권에는 셜록 홈스가 활약하는 코난 도일의 『배스커빌 가문의 사냥개』(1901)와 아놀드 프레데릭 쿠머의 『백만 프랑』(1912)이 박태원의 번역으로 실려 있다.

김내성·안회남 번역, 『세계 걸작 탐정소설 전집』1, 조광사, 1940. 박진영 소장

目 次

紅레드메인一家

— 1 —

이석훈·박태원 번역, 『세계 걸작 탐장소설 전집』 3, 조광사, 1941. 박진영 소장

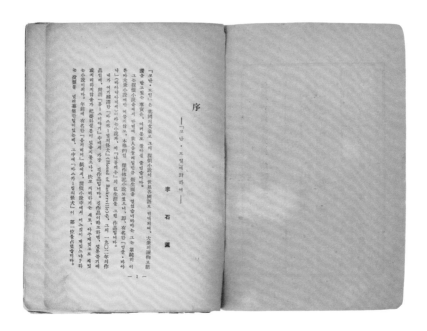

序

—— 「코난·도일」에關하야 ——

李　石　薰

「코난·도일」은 英國의文豪로 그의 探偵小說이 世界各國으로 飜譯되여, 大衆의 讀物로 愛讀을 받고있는 事實은, 다시금 贅言을 要치않습니다. 그의 探偵小說을 大衆小說로서 一般人에게 膾炙될뿐外라 그 文學的價値인 傑作探偵小說은 相生面을 呈하였습니다. 即, 有名한 「샤아록·홈즈」가 이 探偵小說속에서 誕生하였으니, 本格的인 探偵小說과 「샤아록·홈즈」의 名探偵을 그 作品에서 맨들어 冒頭로 「쫑·스아이즈」는 그의 探偵小說을 쓴 것이 年前의 有名한 「샤아록·홈즈」銃로서 作品에서 처음으로 (Hound of Baskerville)로, 그의 一九〇一年의作 品인데, 閒間 「쫑·스아이즈」가 作家의 가장 傑作品이라고 評價되어, 名作으로서 誠하지 마지 아니할 作品으로 되었으니, 그中에 「바스카·빌의怪犬」이 第一位를占領하였습니다.

　　— 1 —

이억만 원의 사랑

한국 근대문학사상 최대의 베스트셀러 『사랑의 불꽃』(1923)을 쓴 춘
성 노자영의 번역 추리소설. 프랑스 추리문학의 거장 모리스 르블
랑의 아르센 뤼팽 시리즈 가운데 하나인 『호랑이 이빨』(1914)이 원작
이다.

노자영 번역, 『이억만 원의 사랑』, 광지사, 1955[1941년 첫 발표]. 박진영 소장

広知社版

전시를 마무리하며

여러분은 한국 근대 추리소설의 역사적 흐름과 작가들이 창조해 낸 명탐정들의 멋진 활약을 보셨습니다. 수령-사또에서 정탐을 거쳐 탄생한 유불란과 장비호는 셜록 홈스나 에르큘 포와르, 아케치 고고로 못지않은 훌륭한 명탐정입니다. 나라를 빼앗긴 처지의 서러운 삶과 광복 뒤 혼란스러운 현실 속에서 대중들은 유불란과 장비호가 활약하는 추리소설을 읽으며 고단한 하루의 시름을 잊고 잠시나마 위안을 얻었을 것입니다. 비록 싸구려 통속 대중소설이라 하여 제대로 된 대접을 받지 못했지만, 대중들에게 열광적인 성원을 받은 이들 추리소설은 한국문학사를 이루는 소중한 자산임이 틀림없습니다.

부록

작품 줄거리
한국 근대 추리소설 연표

작품 줄거리

신단공안 (1906)

제3화

부인 김 씨가 중 일청에 의해 머리가 잘린 시체로 발견된다. 그녀의 시숙 최창조가 평소에 부인을 구박했다는 이유로 의심을 받고 체포되는데, 남 판관은 그의 부인 황 씨에게 시신의 머리를 찾으면 풀어주겠다고 말한다. 이 말을 듣고 딸 최혜랑이 자신의 머리로 시신의 머리를 대신하라며 스스로 목숨을 끊는다. 그녀의 효심에 감동한 관찰사가 수사를 재개하는데, 평소 중이 드나들었다는 이웃의 말이 사건 해결의 결정적 단서가 되어 결국 부인 황 씨가 일청을 유인하여 체포에 성공한다.

제5화

부인 윤 씨는 남편 정 씨의 혼을 위로하기 위한 불공을 드리고자 중 황경을 부른다. 눈이 맞은 둘은 오누이를 맺고 주위의 눈을 피해 밀회를 지속하는데, 아들 계동이 이를 눈치채고 만남을 방해한다. 욕정에 눈이 먼 윤 씨는 아들을 미워하여 그가 불효를 저질렀다고 관아에 거짓 고발한다. 군수 이관은 이상함을 눈치채고 죄를 심문하여 현명한 판단을 내린다.

구의산 (1911)

서 판서의 후취 이동집은 전실 소생인 오복이를 친아들 또복이보다 애지중지하며 집안을 잘 다스리기로 칭찬이 자자하다. 오복이와 김 판서 딸 애중과의 결혼도 살뜰히 챙기었다. 그러나 첫날밤 오복이가 머리가 없어진 시체로 발견되고, 부인 애중이 간부(姦夫)와 꾸민 일로 의심을 받는다. 애중은 남장을 하고 서 판서 댁 근처에서 지내며 억울함을 풀고자 한다. 그녀는 사건 당일 서 판서의 하인 칠성이가 사라졌다는 말을 듣고 흉몽으로 칠성어멈을 겁주어 진실을 말하도록 한다. 내막을 알아보니, 이동집이 칠성에게 살인을 사주한 것이었고, 또복이마저 죽자 서 판서는 출가한다. 애중은 아들 효손을 낳고 서 판서 댁의 며느리로서 집안을 돌본다. 장성한 효손은 할아버지와 원수 칠성이를 찾고자 길을 떠난다. 그러나 실성은 칠성이 다른 시체로 이동집의 눈을 속인 후 오복이를 피신시켰던 것으로, 관아에서 그동안의 사실이 밝혀지고 서 판서 댁은 행복을 누린다.

칠칠단의 비밀
(1926)

곡마단에서 그네 묘기를 부리는 상호와 순자는 곡마단에 갇힌 신세를 한탄하며 매일 눈물로 밤을 보낸다. 어느날 이들의 외사촌이라고 주장하는 조선인 노인이 등장하자 일본인 단장은 급하게 상호와 순자를 챙겨 떠날 준비를 한다. 곡마단에서 먼저 탈출한 상호는 학생 한기호와 협력하여 순자를 구하려 하지만 곧 발각되고, 상호와 기호는 곡마단을 쫓아 중국 봉천까지 향한다. 그들은 절름발이 행세를 하는 노인이 변장한 곡마단장임을 알아채고 미행해 붉은 벽돌로 된 수상한 집에 이른다. 암호를 배워 용감하게 잠입한 상호는 이들이 곡마단으로 위장하여 마약 유통과 인신매매를 하는 '칠칠단'이라는 것을 깨닫는다. 둘은 요릿집으로 위장한 이들의 소굴에 새를 풀어 사람들의 이목을 쏠리게 하고 한인 협회에 도움을 청하여 칠칠탄을 소탕한다.

수평선 넘어로
(1934)

저택에서 의문의 총소리가 들린 후로부터 윤 백작은 공포증에 시달린다. 민족주의당 수뇌부 서인준은 윤 백작 저택에 숨겨진 40만 원의 공채를 빼앗으려 상해에서 귀국한다. 인준은 세계적 범죄조직 LC당으로부터 사건에 개입하지 말라는 협박 편지를 받는다. LC당이 윤 백작을 노리는 이유는 당원인 김소춘의 개인적 복수 때문이다. 소춘은 사건의 내막을 아는 하인 완쇠를 죽이고, 이어 백작도 죽이려고 한다. 바야흐로 인준과 LC당 간의 팽팽한 대결이 펼쳐진다. 복수도 하고 공채도 훔치려는 LC당에 맞서, 인준은 복수를 막고 LC당을 경찰에 넘겨주는 한편 윤 백작의 공채를 가로채려는 계획을 세운다. 그리고 고등계 형사 이필호가 인준을 도와 LC당을 검거하는 동시에 그가 공채를 훔치지 못하도록 막는다. 과연 윤 백작의 목숨과 공채의 행방은 어떻게 될 것인가?

염마 (1934)

탐정 백영호의 조수 오복은 잘린 손가락이 든 엽기적인 소포를 우연히 습득한다. 영호는 그 소포가 그가 마음에 두고 있던 여인 학희와 관련이 있으며, 그가 지내던 하숙집의 이상한 손님 유대설과 협수룩한 사나이 김 서방 또한 연관되어 있음을 알게 된다. 인상착의를 토대로 학희와 학희의 아버지 이재석의 행적을 추적하던 중, 사건에서 손을 떼라는 서광옥의 협박 편지가 날아온다. 이로써 사건에 이해관계가 다른 두 패가 엮여 있음을 깨닫는데, 서광옥은 유대설과 학희를 납치하고 이재석을 총으로 쏴 죽여버린다. 김 서방과 힘을 합한 탐정 백영호는 서광옥이 이재석의 재취부인이며, 유대설은 이재석의 사촌임을 알게 된다. 한편 백영호의 동창 허철은 자신의 아버지가 받은 협박 편지를 가지고 온다. 백영호는 허철과 어울리다 여급 향초의 꼬임에 빠져 죽을 위기를 넘긴다. 염마 서광옥이 이재석, 유대설 그리고 허준과 맺은 관계는 무엇이었는가? 백영호는 무사히 학희를 구하고 서광옥을 잡을 수 있을 것인가?

타원형의 거울 (1935)	추리 잡지 『괴인』의 창간 일주년을 맞아 백상몽 사장은 십 년 전 미결된 김나미 살인사건을 현상문제로 내건다. 당시 살인현장의 상황을 그려낸 그림과 용의자들의 진술이 자세하게 제시된다. 가설은 외부범인설, 김나미의 남편인 소설가 모현철 범인설, 김나미와 내연 관계였던 시인 유시영 범인설 셋으로 좁혀진다. 이 현상공모를 보게 된 유시영은 자신의 억울함을 풀기 위해 상상력을 발휘하여 모현철 범인설을 내세우고 당선된다. 기쁨에 취한 것도 잠시, 그는 진짜 범인을 가리키는 결정적인 실마리를 발견하게 된다. 잡지에 기재된 당시 저택의 모습과 자신의 기억이 미세하게 다르다는 점이었다.
탐정소설가의 살인 (1935)	해왕좌 좌장 박영민 살인사건을 해결하기 위해 탐정소설가 유불란은 탐정극 〈가상범인〉을 선보인다. 이 극은 역할로 그 역할을 분하는 실제 배우가 일치하고 당시의 사건도 똑같이 재연된다. 이를 통해 총알이 발사되기 직전 말다툼으로 인해 그동안 범인으로 몰렸던 박영민의 부인 이몽란의 누명이 벗겨진다. 배우 나용귀가 공연 도중 자백을 해버렸기 때문이다. 사건은 마무리된 것처럼 보였으나 임 경부가 발견한 사진으로 인해 나용귀가 무고하다는 주장이 나온다. 그러나 사진의 허점이 곧 드러나고 도리어 모든 것이 나용귀의 음습한 계획 하에 있었다는 것이 밝혀진다. 유불란, 이몽란, 나용귀를 둘러싼 삼각관계는 결국 이들을 걷잡을 수 없는 비극으로 이끈다.
백가면 (1937)	세계적인 도적, 해골의 탈을 쓰고 하얀 망토를 두른 백가면의 이번 목표는 한국 발명가 강영제 박사이다. 강영제 박사는 곡마단 공연을 보고 돌아오던 중 차 안에서 납치를 당하고, 아버지를 구하기 위해 강수길과 그의 친구 박대준이 동분서주하며 유불란에게 도움을 청한다. 그러나 백가면의 진짜 목적은 자기장 기계의 원리가 적힌 박사의 비밀수첩이다. 그는 이를 뺏기 위해 유불란으로 변장하여 다시 찾

아온다. 백가면은 경찰과 대치를 벌이고, 대준은 기지를 발휘하여 비밀수첩을 지켜낸다. 그리고 백가면의 뒤를 쫓던 대준은 잃어버린 아버지 박지용의 흔적을 만난다. 백가면, 강영제 그리고 박지용 간의 관계에는 어떤 비밀이 얽혀 있는 것인가?

황금굴
(1937)

고아원에 새로 온 소녀 백희에게는 아버지가 돌아가실 때 남겨주신 소중한 불상이 있다. 백희와 학준은 불상의 귀에 숨겨져 있던 보물지도 암호문을 발견하나, 갑자기 나타난 인도 사람에게 불상을 빼앗긴다. 학준은 인도 사람의 뒤를 쫓고 유불란은 복잡한 암호를 해독한다. 유불란은 고아원 아이들과 함께 보물이 묻혀 있는 인도양의 계룡도로 향한다. 계룡도에서 인도인 일당과 대치하게 되자, 유불란은 능숙하게 인도인으로 변장하여 이들을 기습해 함정에 빠뜨린다. 마침내 보물이 묻힌 황금굴과 황금 왕관을 발견하게 되고, 백희와 학준은 이 보물로 고아원을 지어 아이들을 행복하게 하겠다고 다짐한다.

소년탐정단 (1938)

이층 양옥집에 도둑이 들어 개가 죽고 보물을 도난당하는 사건이 발생한다. 기이하게도 범행 현장에서 체포당한 양복쟁이는 품에 아무것도 지니지 않고 있었다. 준룡은 거지 사내가 쓰레기통을 뒤지는 것을 우연히 보고 이상하게 생각하여 그 안을 살펴보는데, 빨갛게 물든 신문지를 보고 어쩌면 2인조 도둑이 보물을 쓰레기통에 숨겨 두었다가 가지고 달아났을 수도 있겠다는 추리를 한다. 씨동이는 거지 사내를 뒤쫓아 집을 알아내고 준룡과 종수와 함께 도둑들을 일망타진하려 한다. 준룡의 외삼촌인 의원 아저씨가 이들의 뒤를 따르고, 대모테 안경을 쓴 민간탐정 고명준도 합류한다.

매국노 (1943)

고려음악학원의 원장 미쓰 엘리자와 무서운 눈초리를 가진 사나이 장호명은 반도제약회사의 허상철과 꼽추 박 서방의 경제적 어려움을 이용하여 일본제국의 군사기밀을 빼돌린다. 이들이 소속된 국제간첩단의 목표는 국가 기밀사항을 빼내고, 의사 레이몬드가 맹장 수술을 했던 한 환자의 몸에 숨긴 고성능폭탄 비밀설계도를 얻어내는 것이다. 이에 반해 대동아전쟁 수행에 반대하는 이들에게 천벌을 가하는 존재, 화이트 이글이 조선으로 건너와 제국의 비밀을 빼돌린 허상철을 총으로 쏘아 죽인다. 애국방첩협회의 협회장 유불란은 허상철의 죽음과 맹장염 환자의 익사체들에 의문을 갖고 영미 스파이들을 찾아내고자 한다. 국제간첩단, 마르세 상회를 운영하는 줄리아스 폿데, 파울 니콜라이 신부 등 이들의 정체는 과연 무엇인가?

사선을 넘어서
(1944)

일본인 남춘웅은 돌아가신 아버지의 사업 동료였던 중국인 진석주의 딸 영원을 사랑하지만 그녀는 약혼자가 있다는 이유로 청혼을 거절한다. 영원의 약혼자 조소춘은 간첩 노릇을 하며 춘웅이 군용 도로의 기밀을 누설하게 만드나, 그는 비행정을 타고 추적해 기밀유출을 막는다. 영원은 자신이 태호의 도둑단 일원이라는 사실을 밝히며 춘웅을 떠나는데, 그녀를 뒤따라온 춘웅에게 석주는 항일 의지를 밝히고 앞으로 전쟁이 발생할 것이라고 경고한다. 영원의 이복동생 영자는 호수에 빠진 춘웅을 구하고, 춘웅은 석주의 집에 머무르며 영원의 어머니 금죽의 도움으로 정보를 빼내 항일 세력으로부터 귀순 의사를 얻어낸다. 석주는 항일 의지를 꺾고 춘웅에게 영원과 영자를 모두 부인으로 맞으라 권하나, 그는 이들을 떠나 쟝크에서 지낸다. 영자의 엄마 난주는 조가로부터 암살 명령을 받고 금죽을 살해하려 하다가 실패한다. 영자는 조가의 집에서 아시아를 위한 간첩 활동을 하리라 다짐한다.

똘똘이의 모험
: 박쥐편 (1946)

이쁜이가 지닌 새빨간 성경책에는 보물의 위치를 알리는 비밀암호가 적혀 있다. 이는 이쁜이 아버지가 돌아가실 때 남긴 유품이다. 도적 박쥐와 그의 부하들은 이 성경책을 노리고 이쁜이를 잡아간다. 용감한 똘똘이와 복남이는 이쁜이를 구하고 박쥐를 잡고자 하는데, 그의 부하 삼봉이를 장난감 권총으로 위협하여 붙잡아 박쥐의 위치를 알아낸다. 이들은 바우 형님과 함께 박쥐의 부하로 변장하여 잠입하는데, 변장이 발각되고 형님이 지하실에 갇혀 위기에 빠진다. 그러나 마침 등장한 운전수 털보의 조력으로 함께 박쥐를 잡아 가두기에 성공한다.

나체미인 (1946)

쌀가마니에 담겨 웅덩이에 버려진 나체 송장이 발견된다. 피해자는 지연숙으로, 그녀의 애인 김창국과 동료 강애리가 의심을 받는다. 탐정 장비호는 사건 정황과 자동차에 묻은 흙 등을 단서로 삼아 수사해 나간다. 지연숙의 서랍에 있던 편지와 은행 예금이 도둑맞고 동일한 나체 미인 사건이 또다시 발생한다. 범인의 인상착의를 알아낸 장비호는 행상을 벌여 범인을 찾아낸다. 미행하여 도달한 곳은 양화(洋

靴)연구소 홍백산의 집. 장비호는 모돌이와 변소치기로 위장하여 집에 매복하고, 흉악한 범죄자로 구성된 살인 강도단의 존재를 깨닫는다. 범인 체포를 위해 애리가 그림 모델을 자처하여 홍백산의 집으로 들어가고 범인이 검은 속내를 드러낼 때, 장비호가 현장을 덮쳐 체포에 성공한다.

괴시체 (1949)

눈 오는 날 온천으로 휴가를 간 장비호는 기차에서 오영실을 만나 동행한다. 온천에서 익사한 괴시체가 발견되고 피해자는 나윤석의 젊은 부인 엄숙자로 밝혀진다. 나윤석도 범인의 꾀에 넘어가 실종된 상태에서 이내 범인으로부터 돈을 요구하는 협박 편지가 온다. 돈을 주었음에도 나윤석은 시체로 발견되고 도리어 범인은 장비호의 편지를 꾸며 영실까지도 유인해 감금한다. 동일한 협박 편지를 받은 장비호는 그들의 거처를 알아내고, 움집의 지붕을 뚫고 들어가 영실을 구하고 범인을 체포한다.

원한의 복수 (1949)

조정태의 부인이 칼에 맞은 채 발견된다. 범인이 담을 넘은 흔적이 없어 장비호는 집 안 사람들을 의심하는데, 조정태의 딸 보금의 약혼자 인상화를 특히 수상하게 여긴다. 실상 인상화는 우진혁과 화선의 아들 우성훈으로, 만세 운동을 한 우진혁은 당시 헌병 보조원이었던 친구 조정태의 괴롭힘을 받고 옥사한다. 설상가상으로 조정태는 과부 화선을 꾀어 모든 재산을 빼돌리고 달아난다. 부모님의 원수를 갚기 위해 조정태 부부를 죽인 성훈은 보금까지 죽이려 하나 인정에 의해 갈등하고 마침 잠복해 있던 장비호에 의해 제지된다. 체포된 성훈은 자살하고 보금도 그의 뒤를 따른다.

대도와 보물
(1950)

미국 시카고에서부터 대도로 이름을 날린 피터 진은 미술품 수집가 다무라가 조선에서 살던 집에 금덩이와 보석을 묻어두었다는 말을 엿듣고 다무라의 아내 아사꼬를 따라 밀입국한다. 그는 진대도라는 가명을 쓰고 아사꼬를 제치고 다무라가 살던 집을 사는 데에 성공한다. 아사꼬는 진대도 집 하녀로 위장취업하여 보물을 파내려 하나 보물의 위치만 알려주는 셈이 되고, 장비호는 아사꼬로부터 보물을 되찾아달라는 부탁을 받는다. 그는 진대도의 가짜 하인이 되어 집에 불을 지르고 숨겨진 보물의 위치를 알아내는 데 성공하나, 지하실에 갇혀 목숨을 구걸하는 굴욕에 처한다. 이후 이사를 간 진대도는 종적을 감추고 그가 좋아하는 미숙 또한 밖에 나가지 못하게 한다. 장비호는 전기 사용량 조사자로 변장하여 다니다 수상한 노인을 미행해 따라 간 집에서 진대도의 집과 이어져 있는 지하 굴을 발견한다. 그는 보물과 미숙을 구하는 조건으로 진대도의 도망을 눈감아 준다.

한국 근대 추리소설 연표

1832. 11. 9.	명탐정 르코크를 탄생시킨 프랑스 추리소설가 에밀 가보리오 탄생
1841. 4. 20.	세계 최초의 추리소설 「모르그가의 살인」 발표(에드거 앨런 포)
1859. 5. 22.	명탐정 셜록 홈스를 탄생시킨 영국 추리소설가 아서 코난 도일 출생
1864. 11. 11.	괴도 아르센 뤼팽을 탄생시킨 프랑스 추리소설가 모리스 르블랑 출생
1869. 2. 27.	한국 최초의 추리소설 『쌍옥적』을 쓴 이해조 출생
1888. 3. 18.	연쇄 살인과 범인 추적을 본격적으로 다룬 최초의 추리소설 『혈가사』를 쓴 박병호 출생
1890. 4. 25.	한국 최초의 셜록 홈스 시리즈 번역가 김동성 출생
1890. 9. 15.	명탐정 미스 마플과 에르큘 포와르의 창조자이자 영국 추리소설가 애거서 크리스티 탄생
1894. 10. 21.	일본 미스터리 추리소설계의 거장이자 명탐정 아케치 고고로를 탄생시킨 에도가와 란포 탄생
1899. 11. 9.	아동추리소설의 거장이자 어린이날을 만든 소파 방정환 탄생
1899. 12. 29.	명탐정 장비호의 창시자 춘해 방인근 탄생
1900. 10. 2.	장편 추리소설 『수평선 너머로』의 작가 김동인 탄생
1902. 7. 21.	장편 추리소설 『염마』의 작가 채만식 출생
1906. 5. 19.	근대계몽기 연작 공안소설 『신단공안』 연재 시작(<황성신문>)
1908. 12. 4.	최초의 추리소설 『쌍옥적』 연재 시작(이해조, <제국신문>)
1909. 7. 16.	한국 근대추리소설의 최고 작가 김내성 출생
1911. 6. 22.	이해조의 공안 신소설 『구의산』 연재

시작(<매일신보>)

1911. 12. 4.	최초의 추리소설 『쌍옥적』 단행본 초판 발행(이해조, 보급서관)
1912. 1. 27.	포르튀네 뒤 보아고베의 『묘안석 반지』(1888)를 번역한 『지환당』 단행본 발행(동양서원)
1912. 7. 20.	이해조의 공안 신소설 『구의산』 단행본 발행(신구서림)
1913. 6. 5.	구로이와 루이코의 장편 추리소설 『사람인가 귀신인가』(1888)를 번역한 『누구의 죄』 단행본 발행(이해조, 보급서관)
1916. 2. 10.	알렉상드르 뒤마의 『몬테크리스토 백작』(1845)을 번안한 『해왕성』 연재 시작(이상협, <매일신보>)
1918. 10. 19.	코난 도일의 「세 학생」(1904)의 번역이자 한국 최초의 셜록 홈스의 번역 「충복」 연재 시작(장두철, <태서문예신보>)
1920. 7. 15.	연쇄 살인과 범인 추적을 본격적으로 다룬 최초의 추리소설 『혈가사』 연재 시작(<취산보림>)
1920. 7. 30.	알렉상드르 뒤마의 『몬테크리스토 백작』(1845)을 번안한 『해왕성』 단행본 발행(이상협, 광익서관)
1921. 2. 21.	아서 벤자민 리브의 『일레인의 공로』(1914)를 번역한 『일레인의 공(功)』 연재 시작(김동성, <동아일보>)
1921. 7. 4.	코난 도일의 최초의 셜록 홈스 시리즈 『진홍색 습작』(1887)와 세 편의 단편 셜록 홈스 시리즈를 함께 번역한 『붉은 실』 연재 시작(김동성, <동아일보>)
1923. 7. 25.	조선 최초로 셜록 홈스 시리즈를 번역한 『붉은 실』 단행본 발행(김동성, 조선도서주식회사)
1924. 6. 3.	일본 추리소설작가 구로이와 루이코의 『유령탑』(1899)을 번역한 『귀신탑』 연재 시작(이상수, <매일신보>)
1925. 1. 1.	방정환의 아동추리소설 『동생을 찾으러』 발표(『어린이』)

1926. 4. 10.	방정환의 아동추리소설 『칠칠단의 비밀』 발표(『어린이』)
1926. 11. 25.	연쇄 살인과 범인 추적을 본격적으로 다룬 최초의 추리소설 『혈가사』 단행본 발행(울산인쇄소)
1926. 12. 1.	방정환, 번역 추리소설 「누구의 죄」 발표(『별건곤』)
1927. 5. 5.	윌리엄 윌키 콜린스의 추리소설 『흰옷을 입은 여인』(1859)을 번역한 『소복의 비밀』 연재 시작(주요한, <동아일보>)
1927. 8. 1.	방정환의 단편 추리소설 「괴남녀 이인조」 발표(『별건곤』)
1928. 5. 16.	가스통 르루의 추리소설 『노란방의 미스터리』(1907)를 번역한 『사랑의 원수』 연재 시작(최서해, <중외일보>)
1934. 5. 16.	채만식 장편 추리소설 『염마』 연재 시작(<조선일보>)
1934. 7. 10.	김동인의 장편 추리소설 『수평선 너머로』 연재 시작(<매일신보>)
1935. 3. 1.	김내성의 추리소설 데뷔작 「楕圓形の鏡(타원형의 거울)」 발표(『ぷろふぃる(프로필)』)
1935. 12. 1.	프로탐정 유불란이 처음 등장하는 「探偵小説家の殺人(탐정소설가의 살인)」 발표
1937. 2. 13.	일본에서 발표한 「탐정소설가의 살인」을 개작한 「가상범인」 연재 시작(김내성, <조선일보>)
1937. 6. 1.	S. S. 반 다인의 장편 추리소설 『벤슨 살인 사건』(1926)을 번역한 『잃어진 보석』 연재 시작(김유정, 『조광』)
1937. 6. 1.	김내성의 소년탐정소설 『백가면』 연재 시작(『소년』)
1937. 6. 25.	르네 클레르 감독의 영화 <최후의 억만장자>(1935)를 패러디한 탐정이 등장하는 콩트 「최후의 억만장자」 연재 시작(박태원, <조선일보>)

1937. 11. 1.	김내성의 아동추리소설 『황금굴』 연재 시작(<동아일보>)
1938. 3. 1.	일본어 소설 「타원형의 거울」을 조선어로 번역 개작한 「살인예술가」 연재 시작(김내성, 『조광』)
1938. 6. 1.	박태원의 아동추리소설 『소년 탐정단』 연재 시작(『소년』)
1938. 12. 1.	김내성의 단편 추리소설 「연문기담」 발표(『조광』)
1939. 2. 14.	한국 근대 추리소설의 최고 걸작 『마인』 연재 시작(김내성, <조선일보>)
1939. 3. 1.	코난 도일의 단편 「얼룩무늬 끈의 모험(1892)을 번안한 「심야의 공포」 발표(김내성, 『조광』)
1939. 8. 5.	김동인 장편 추리소설 『수평선 넘어로』 단행본 발행(영창서관)
1939. 12. 15.	한국 근대 추리소설의 최고 걸작 김내성의 『마인』 단행본 발행(조광사)
1940. 12. 28.	이든 필포츠의 『붉은 머리 레드메인 가문』(1922)와 에밀 가보리오의 『르루주 사건』(1863)을 번역해 한 권으로 묶은 『세계걸작탐정소설』 1권 단행본 발행(조광사)
1941. 1. 15.	모리스 르블랑의 뤼팽 시리즈인 『호랑이 이빨』(1921)을 번역한 『이억만원의 사랑』 단행본 발행(노자영, 성문당서점)
1941. 5. 17.	코난 도일의 『배스커빌 가문의 사냥개』(1902)와 아널드 프레데릭 쿠머의 『파리의 괴도』(1912)를 번역해 한 권으로 묶은 『세계걸작탐정소설』 3권 단행본 발행(조광사)
1942. 11. 21.	김내성의 친일 추리소설 『태풍』 연재 시작(<매일신보>)
1943. 7. 1.	김내성의 친일 추리소설 『매국노』 연재 시작(『신시대』)
1944. 4. 30.	문세영의 장편 추리소설 『사선을 넘어서』 단행본 발행(남창서관)

1944. 6. 10.	김내성의 장편 추리소설 『태풍』 단행본 발행(매일신보사 출판부)
1944. 7. 31.	김내성의 소년모험소설 『황금굴』 단행본 발행(조선출판사)
1946. 2. 25.	김내성의 아동 추리소설 『백가면』 단행본 발행(조선출판사)
1947. 5. 1.	김내성의 아동추리소설 『똘똘이의 모험:난쟁이 나라 구경 편』 단행본 발행(문구당서점)
1948. 11. 20.	에밀 가보리오의 『르루주 사건』(1866)을 옮긴 『마심불심』 단행본 발행(김내성, 해왕사)
1948. 12. 10.	방인근의 장편 추리소설 『복수』 단행본 발행(문운당)
1949. 3. 10.	방인근 장편 추리소설 『괴시체』 단행본 발행(한흥출판사)
1949. 5. 10.	김내성의 단편 추리소설 작품집 『비밀의 문』 단행본 발행(해왕사)
1950. 1. 20.	탐정 장비호가 활약하는 방인근의 장편 추리소설 『대도와 보물』 단행본 발행(호남출판사)

논고

추리소설을 왜 읽는가?

박진영(성균관대학교 국어국문학과 교수)

추리소설 읽는다고 칭찬받은 적 없고, 교실에서 배운 일 없다. 들고 다녀도 멋이 안 나며, 탐정 흉내 내다가는 야단맞기 쉽다. 삶의 지혜나 인생에 대한 심오한 깨달음을 얻을 것도 아니다. 그래도 추리소설을 멀리할 수 없다. 재미있으니까.

심심풀이나 시간 때우기라도 괜찮다. 어차피 품격 있는 문학 축에 못 낀다면 재미있어야 한다. 재미없다면 추리소설이 아니다. 동서고금 통틀어 살인 사건보다 더 흥미진진한 이야기가 있을까? 단 시체가 되는 것이 나만 아니라면!

추리소설이란 남을 죽인 범인을 잡는 이야기, 누군가 죽은 뒤에 시작되는 이야기다. 그래서 희생자보다 살인자가 더 중요하다. 왜 죽었는지가 아니라 어떻게 죽였는지가 문제다. 슬퍼하고 애도하느니 범인의 정체와 살인 기법을 밝히는 것이 먼저다. 때로는 손에 땀을 쥐면서, 때로는 쫓고 쫓기면서, 때로는 무시무시한 비밀과 거대한 음모에 가위눌리면서.

살인 사건은 아주 먼 옛날부터 전 세계 어디에서나 일어났다. 그런데 굳이 그것을 이야기로 만들고, 심지어 함께 즐기기 시작했다. 바로 탐정이 탄생하면서부터! 탐정은 사회의 영웅이자 시대의 이야기꾼으로 등장했다. 그렇게 추리소설은 우리 근대문학, 만인이 즐기는 대중문학, 보편적인 세계문학이 되었다.

추리소설은 근대문학이다

소설의 역사는 생각보다 짧다. 이야기는 오래전부터 있었지만 지금 우리 시대에 소설이라고 부르는 모양새를 갖추게 된 것은 길게 잡아야 200~300년 안팎이다. 소설은 겨우 영화나 텔레비전 드라마보다 조금 일찍 태어나 급기야 밀리고 있는 판이다. 그중에서 추리소설이라면 오귀스트 뒤팽 탐정이 처음 등장한 에드거 앨런 포의 「모르그가의 살인」에서 비롯되었으니 기껏해야 180년 남짓 쓰고 읽어 왔을 뿐이다.

19세기 중반에 탄생한 추리소설이 20세기 유럽에서 각광받는 문학으로 떠올랐다는 사실은 추리소설이 근대 자본주의 사회의 산물이자 서양 선진국의 이야기 양식이라는 것을 뜻한다. 추리소설이 황금기를 구가한 양차 세계대전 사이는 물론이려니와 훨씬 더 세련되고 색다른 갈래로 외연을 넓혀 간 제2차 세계대전 이후부터 오늘날까지도 추리소설의 주요 작가는 영국과 프랑스를 비롯한 일부 서유럽 국가나 미국, 일본에서 주로 등장하고 활동했다.

그런 탓인지 종종 추리소설이 사회주의 체제와 어울리지 않거나 아예 존립할 수 없다고 말하곤 한다. 실제로 사회주의 체제에서도 첩보나 방첩을 소재로 삼은 경우가 많고 추리소설이 없지 않다. 그런 점에서는 특정 체제에 대한 오해이거나 의도적인 비난에 가깝지만 전혀 일리가 없는 말은 아니다. 작가로서는 체제 수호를 위한 검열의 압박을 견뎌야 할 뿐 아니라 독자가 지적인 흥미에 집중해야 하는 성격이고 보니 사회주의 체제에서 추리소설이 활발하게 창작되거나 지지 기반을 넓히기는 쉽지 않다.

훨씬 더 중요한 문제는 추리소설의 성격에 놓여 있다. 추리소설의 일차적인 관심사는 살인을 비롯한 범죄의 추적과 해결이다. 그런데 강력한 행정력과 안정적인 사법 제도를 비웃는 범죄가 아무도 모르는 사이에 어느 때고 가까이에서 발생할 수 있으며, 그나마 정해진 테두리 바깥에서 활약하는 영웅적인 탐정이 도맡아 처리할 수 있다는 발상은 사회주의 체제에서 여러모로 곤란한 일이다. 그것은 체제나 제도의 문제이기에 앞서 위반과 희생을 대하는 서로 다른 태도, 개인과 사회 또는 인간과 세계의 관계를 이해하는 관점의 차이다. 달리 말하자면 사회주의 체제에서 추리소설은 지나치게 도발적이고 불온한 이야기 양식이다.

그렇게 본다면 추리소설은 비단 사회주의 체제에서만 문제되는 것이 아니다. 세습 왕조나 제정일치에 버금가는 경우야 두말할 나위도 없고 식민지, 후진국, 군사 독재 국가에서도 사정은 매한가지다. 어쩌면 그러한 역사적 경로를 단기간에 빠르게, 두루 거쳐 온 한국에서 추리소설이 고전을 면치 못한 것도 당연한 노릇이다. 이러한 문제는 추리소설이 필연적으로 사회의 민주화나 시민 계층의 세계관과 깊이 관련되어 있다는 점을 시사한다.

추리소설의 뼈대는 기본적으로 범죄의 발생에서 시작해서 탐정의 궁리와 모험을 거쳐 사건 해결에 이르는 시간 축 위에서 구성된다. 야만적인 살인이나 약탈은 반드시 발각되며 진상이 백일하에 남김없이 드러나야 한다는 것, 도망친 용의자가 체포되고 법의 이름으로 처단되어야 마땅하다는 것이 추리소설을 관통하는 핵심 원리다. 요컨대 사회 질서의 위반이 바로잡혀야 하며 무고한 시민의 희생을 막을 수 있다는 건전한 희망이 바로 추리소설을 지탱하는 동력이라 할 수 있다.

그러기 위해서는 합리적인 인과 관계와 논리적 추론에 의거해야 한다. 당연하게 들릴 법하지만 막연한 심증, 비이성적인 추측, 초자연적인 개입, 종교적이거나 봉건적인 이데올로기는 철저히 배제된다. 추리소설은 어떤 사건이라도 객관적으로 진실을 파악할 수 있고 보편타당한 과정을 통해 해결될 수 있다는 굳건한 믿음을 보여준다. 우리의 일상 세계는 어디까지나 근대적인 시선으로 이해되며 근대적인 법체계 안에서 작동한다.

추리소설이 근대적인 문학인 이유는 또 있다. 추리소설이 초점을 맞추고 있는 것은 사회 정의를 위협하는 범죄자를 격리하고 응징하기 위한 과정이다. 훨씬 더 직설적으로 표현하자면 추리소설은 희생자를 애도하는 데에는 별다른 관심을 기울이지 않는다. 다만 시민들의 공동체를 유지하기 위해 개개인의 생명과 사유 재산을 보호함으로써 국가 권력이 안정적으로 작동하고 지배 체제가 존속하기를 바랄 따름이다. 때때로 추리소설을 통해 자본주의 사회의 비인간적인 도덕률이나 제도적 모순, 드물게는 가부장적이거나 계급적인 폭력성, 제국주의적 야심마저 폭로되기도 하지만 일개 탐정의 능력으로는 새로운 저항이나 해방의 가능성을 기대하기 어렵다.

추리소설의 속성과 이데올로기는 그런 뜻에서 멜로드라마의 낭만적 취향이나 통속성과 상통하는 면이 없지 않다. 추리소설로서는 현실 도피적이라든가 심지어 기만적이기까지 하다는 혐의에 어쩌면 억울해하고 분통을 터트릴 수도 있다. 그러나 추리소설 고유의 트릭이나 반전에 몰두할수록 역설적으로 이러한 혐의가 짙어진다는 점을 고려하면 적어도 누명은 아닐 것이다.

추리소설이라는 독특한 이야기 양식이 왜 19세기 중반에야 출현했는가, 어떻게 20세기 유럽에서 인기를 누릴 수 있었는가, 또한 그러한 현상이 추리소설의 본질인가 표면적인 현상인가는 중요한 논쟁거리 가운데 하나다. 다만 추리소설의 탄생과 성장에 기여한 요인이 과학적인 사고에 대한 호기심, 합리성에 대한 확고한 신뢰만은 분명 아니다. 그러한 시각은 추리소설이 지향한 새로운 세계관과 문학적 근대성을 무시하며, 추리소설을 단순화시키는 피상적인 이해 방식만 부추길 따름이다.

한국의 추리소설 역시 20세기 초 근대화의 물결 속에서, 그리고 근대문학의 태동과 함께 출발했다. 서양보다 조금 뒤늦긴 했지만 결정적인 차이는 아니며, 엄연한 근대문학으로 성장해 왔다. 어쩌면 서양에서 소홀히 여기거나 미처 간파하지 못한 근대의 어두운 이면이 한국 추리소설에서 더욱 선명하게 드러나기도 했다. 한국의 추리소설이야말로 제국주의 침략과 식민 지배, 전쟁과 분단으로 얼룩진 근대 100년을 고스란히 감당해 왔기 때문이다.

추리소설은 대중문학이다

추리소설이 대중문학이라는 사실이야 더 이상 군말을 보탤 필요가 없다. 남녀노소의 독자가 널리 읽고 즐기는 문학이라는 뜻에서 추리소설은 대중문학의 꽃이요 가장 세련된 형태로 가다듬어져 온 이야기 양식 가운데 하나다. 문제는 대중문학이라는 것을 어떤 시각으로 바라볼 것인가 하는 점이다.

대중문학이란 시간과 공간을 가리지 않고 환영받는 보편적인 이야기 양식을 가리킨다. 예컨대 독자가 가장 즐겨 찾는 이야깃거리라면 첫째는 사랑과 이별 이야기요 둘째는 복수와 모험 이야기를 꼽을 수 있다. 추리소설은 넓게 보아 후자에 속할 텐데, 만약 두 가지 밑감이 한데 모아질 수 있다면 더없이 흥미진진한 이야기가 될 것이다. 아마도 오늘날 흥행에 성공하는 영화나 인기 드라마를 떠올린다면 고개를 끄덕일 법하다.

사랑과 이별 이야기든 복수와 모험 이야기든 인류가 탄생한 순간부터 지금까지 변함없이 되풀이면서도 매번 새롭게 창조되는 주제라 할 수 있다. 특히 텔레비전이나 영화와 같은 영상 매체가 압도적인 파급력을 발휘하면서 한층 더 대중적인 주제가 되었다. 아마도 예전에는 시나 연극이 그러한 중심 매체 역할을 맡았을 것이다. 그런데 소설처럼 종이에 인쇄되고 활자로 읽는 문학을 통해 남의 이야기에 공감하고 나의 이야기, 우리 이야기로 상상하는 문화가 형성된 것은 그리 오래된 일이 아니다.

달리 말하자면 오늘날 대중문학이라고 부르는 것은 대중문화이면서도 실은 고급문화로 출발했다. 흔히 대중 독자라고 간단하게 말해 버리곤 하지만 막상 문자를 읽고 쓸 수 있으며, 신문이나 잡지를 구독할 여가와 경제적 여력을 갖추고, 책을 사서 즐길 만한 독자라면 극히 소수의 특권층이나 다름없었다는 점을 잊어서는 안 된다. 특히 한국의 경우에는 20세기에 들어서서야 그러한 의미의 대중 독자가 형성되었다.

제법 긴 내력을 지니고 있는 옛이야기도 마찬가지다. 예컨대 『춘향전』이니 『심청전』이니 하는 것은 오랫동안 판소리나 고전소설로 널리 알려진 이야기다. 그런데 『춘향전』이든 『심청전』이든 정작 책으로 대량 인쇄되어 서점에 배포되고 독자가 눈으로 읽기 시작한 것은 20세기 이후의 일이다. 예컨대 20세기에 유통된 『춘향전』이나 『심청전』은 매체의 성격에서나 독서 방법에서나, 또는 분량에서나 이야기 구조에서나 19세기 이전에 유통된 것과는 전혀 다르다. 만약 한자리에서 여럿이 돌려 본다든지 누군가가 구수한 입담을 섞어 들려주는 방식을 빼놓는다면 고전소설이나 고전소설 독자라는 것은 실상 근대에 재발견된 대중문학이요 대중이라는 이름으로 비로소 등장한 고급 독자일 따름이다.

그렇게 본다면 순수문학과 대중문학의 구분이라는 것도 편견이나 선입관에서 비롯되었을 공산이 크다. 예컨대 사랑과 이별 이야기가 순수문학이냐 대중문학이냐 하는 것은 이야기의 성격에 따라 나뉘는 것이 아니라 어디까지나 구체적인 작품을 놓고 내린 가치 평가다. 한국 근대문학사의 첫수를 둔 이광수의 『무정』은 따지고 보자면 가장 전형적인 대중문학 아니던가? 『무정』은 대중 일간지의 인기 연재소설일 뿐만 아니라 한 남자가 두 여자 사이에서 오락가락하다가 해피엔드를 맺는 전형적인 멜로드라마이기 때문이다. 게다가 여주인공에 대한 폭력과 겁탈 장면에다가 하필이면 바로 그 현장에 남자 주인공이 나타나는 잔인한 대목까지 적나라하게 묘사해 두었으니 지금 보더라도 파격적이고 선정적이다.

그럼에도 불구하고 『무정』을 손쉽게 대중문학이라 부르지 않는 까닭은 봉건적인 구여성과 근대의 신여성을 놓고 줄다리기를 벌여야 하는 삼각연애 구도가 혁신적인 문제성을 띠었고, 자극적인 이야기 전개 방식과 일방적인 주제 의식마저도 당대의 시대정신과 상상력을 충실하게 드러냈기 때문이다. 아마도 학생이나 지식인 계층이 대부분이었을 『무정』의 독자가 열광한 이유도 여기에 있을 것이다.

　그런데 『무정』과 한줄기에 속할 법한 사랑과 이별 이야기라 할지라도 어느 순간 천박한 눈물이나 다스려야 할 덕목으로 떨어지곤 한다. 상투성이나 선정성이 되풀이될 때, 그래서 독자에게 익숙하고 상식적인 취향에 머물려고 할 때가 바로 그러하다. 그러한 일은 굳이 사랑과 이별이 아니더라도 어떤 갈래의 이야기에서든 흔히 일어난다. 예컨대 텔레비전의 멜로드라마, 궁중 사극, 서부활극, 재난영화, 홍콩 무협영화, 할리우드의 007 시리즈가 애초부터 저속하거나 유행에 영합한 산물이라고 단정 짓는 것은 일면적이다. 그러니 대중문학이라고 해서 늘 저급한 것은 아니다. 순수문학이든 고급문학이든 참신함을 저버리자마자 언제든 통속문학으로 불릴 수 있다는 뜻이다.

　그렇다면 추리소설은 어떠한가? 추리소설은 넓게 보자면 복수와 모험 이야기의 한 갈래다. 살인을 비롯한 범죄를 정면으로 다루며, 악의 근원과 미지의 범죄자를 찾아 나선다는 점에서 그러하다. 그래서 사랑과 이별 못지않게 보편적인 이야기이면서 훨씬 도

식적인 틀을 유지하고 있는 것이 바로 추리소설이다. 여기에는 좀
더 설명이 필요하다.

먼저 추리소설이 모험 이야기의 한 갈래라는 말부터 짚어 두
자. 다분히 낭만적인 세계관과 비현실적인 상상력에 바탕을 둔 모
험 이야기에는 탐험소설뿐만 아니라 과학소설, 괴기소설, 공포소
설, 무협소설, 때로는 역사소설과 판타지까지 두루 포괄될 수 있
다. 추리소설도 그 가운데 하나다. 모험 이야기의 가장 큰 특징은
아직 알 수 없는 미래로 이야기가 진행된다는 점이다. 추리소설은
대부분 이야기가 시작되기 전에 이미 살인이 저질러졌고 과거로
거슬러 올라가서 연원과 비밀을 파헤쳐야 한다는 점에서 구별되
지만 그러한 추적과 진상 규명의 과정이 여전히 앞쪽으로 열린 현
재 진행형이므로 기본적으로 모험 이야기의 구조를 띤다.

또 하나 중요한 점은 추리소설이 모험 이야기 가운데 가장 풍
부하고 근대적인 상상력의 자원을 보유해 왔다는 사실이다. 앞서
추리소설이 가장 세련되고 성공적인 이야기 양식으로 가다듬어
져 왔다고 말한 것도 그래서다. 여타의 갈래도 마찬가지겠지만 각
별히 추리소설은 정교한 규칙과 고유한 문법을 개발시켜 왔다. 잠
시라도 독자의 긴장감이 늦추어지면 곧바로 외면당할 수밖에 없
는 운명이기 때문이다. 추리소설이 가장 진지하고 열성적인 독자
를 확보해 온 것도 당연한 일이다.

그런데 흥미롭게도 추리소설 작가와 독자는 대중문학이라는 말도 모험 이야기라는 말도 몹시 못마땅하게 여긴다. 달리 걸맞은 용어를 찾기 어려워서 그렇겠지만 추리소설을 지칭하거나 추리소설을 포함하는 상위 개념으로 널리 쓰이는 말은 장르소설과 장르문학이다. 장르소설이나 장르문학이라는 말은 추리소설을 순문학이나 순수문학이라고 보기도 곤란하거니와 그렇다고 대중소설로 부르기도 마땅치 않아서 고안되었을 것이다. 얼핏 탐험담을 떠올리게 하는 모험 이야기라는 말이 좀 진부하게 들리는 데에다가 추리소설이 과학소설, 무협소설, 환상소설, 공포소설과 뚜렷하게 변별되는 이야기 양식이어서 그다지 끌리지 않은 것도 사실이다.

그렇다 하더라도 장르소설이나 장르문학이라는 용어는 심각한 잘못이다. 우선 어법으로 보아서도 장르소설과 장르문학이라는 말이 성립될 수 없다. 문학의 장르, 십분 양보해서 소설의 장르나 추리 장르라는 말을 쓸 수는 있겠지만 문학이나 소설의 속성을 나타내는 말로 장르를 앞세울 수는 없다. 실제로 장르소설이나 장르문학이라는 용어를 일반화시킨 것은 몇몇 전문 출판사와 인터넷 서점의 분류 체계일 텐데 고작해야 추리소설, 무협소설, 판타지, 라이트노벨, 인터넷소설과 같은 특정한 갈래를 거느리고 있다. 말하자면 문학이나 소설로 부르기에는 민망한 축에 속하는 것들을 한데 묶어 놓은 셈이다. 그러한 갈래는 상업적으로 대량 생산되고 엄청난 규모로 유통되는 것이 실상이라 하더라도 언론에서든 문단에서든 전혀 관심을 기울이지 않으며, 어떤 비평이나 평론도 쓸모없거나 불필요하다고 여기기 때문이다. 결국 장르소설이나 장르문학이라는 말이 부당한 이유는 순문학이나 순수문학과 지나칠 정도로 뚜렷하게 구별된 영역, 심지어 대중문학이라는 이름에도 걸맞지 않은 기묘한 지대에 배치된다는 점 때문이다.

이미 주어진 문법과 굳어진 규칙에 충실하다는 뜻에서 장르소설이나 장르문학이라 부른다면 지금 우리가 추리소설이라고 일컫는 이야기 양식의 미래는 없다고 잘라 말할 수 있다. 거기에는 특유의 유통 구조와 독자층이 존재할지언정 자기만족적이고 소모적인 되풀이로 그칠 뿐이기 때문이다. 따라서 새로운 이야기의 발굴과 상상력의 확장을 기대할 수 없다.

추리소설은 서양에서 최근 한두 세기 동안 지적인 훈련과 대중적인 검증을 거치면서 성장한 역사적 양식의 하나다. 그사이 일률적인 패턴이나 이야기 구조가 답습되면서 더 이상 독창적인 상상력을 발휘하지도, 독자의 흥미와 열정을 자극하지도 못하게 되었다면 삼류나 아류로 전락한 결과일 뿐이지 결코 추리소설 본연의 특성 탓이 아니다. 또 살인이나 범죄를 추적하고 해결하는 이야기가 개인과 사회, 인간과 세계의 관계에 대한 진지한 성찰을 가로막고 저열한 인간성을 옹호하기 때문도 아니다. 만약 추리소설이 타락한 대중문학이 되고 말았다면 추리소설 자신에 대한 반성을 통해 이야기 양식의 갱신을 모색하는 일이 모범 답안이 되어야 한다.

추리소설은 세계문학이다

추리소설이 감히 세계문학일 수 있을까? 동서고금을 막론하고 인류에게 널리 읽힐 가치가 있는 문화유산이라는 의미로 세계문학이라는 말을 쓴다면 추리소설이 끼어들 만한 빈자리가 마땅치 않다. 이를테면 호메로스와 단테의 서사시, 셰익스피어의 비극과 입센의 문제극, 빅토르 위고와 톨스토이의 소설, 보들레르와 카프카를 비롯하여 불후의 고전 명작이나 권위 있는 정전으로 손꼽히는 문학 작품만 간추려도 카탈로그는 늘 비좁다.

그렇게 늘어놓은 목록은 어느 시대, 어떤 나라, 무슨 양식이냐가 중요한 것이 아니라 보편적인 인간의 존재, 인간성이라는 것을 둘러싼 갖가지 문제를 성찰하게 만든다는 뜻에서 세계문학이다. 다시 말하자면 시간, 공간, 언어의 제약에도 불구하고 동서고금의 인류가 공유할 수 있고 그럴 만한 가치가 있다고 일컬어지는 작품, 또는 그러한 구체적인 작품을 통해 구현된 보편적 정신이나 감각이 바로 세계문학이라는 말에 담긴 참뜻이다. 그러므로 세계문학이란 지금 우리 시대가 물려받고 다음 시대에 넘겨주어야 할

정신적 자산이자 살아 숨 쉬는 상상력이기도 하다.

그렇다 하더라도 세계문학이 곧 세계인이 널리 읽고 즐기는 문학이라고 말하기는 어렵다. 어쩌면 전 세계적으로 거의 읽히지 않을뿐더러 만약 학교 교육이 아니었더라면 제목조차 접해 볼 기회를 갖기 어려운 것이 또한 세계문학일 터다. 게다가 세계문학이라는 말은 본래 유럽을 중심으로 확립된 근대적인 이념이어서 지역적으로 아시아와 아프리카, 종교적으로 비기독교, 정치적으로 약소국과 식민지, 언어적으로 개별 민족어에 철저하게 닫혀 있다는 사실도 분명하다.

따라서 추리소설이 세계문학이라고 말할 때에는 널리 읽히고 같이 즐기는 문학, 함께 공감하고 상상할 수 있는 문학, 전 세계 독자에게 보편적인 호소력을 발휘하는 문학이라는 의미에 가깝게 써야 한다. 학교 교실에서는 눈 씻고 찾아보기 어렵더라도 평범한 학생과 시민들이 아무 때고 어디에서나 재미있게 읽을 수 있어야 세계문학이다. 동양과 서양, 남반구와 북반구, 19세기와 21세기의 독자가 문화적 차이나 이질적인 감각을 뛰어넘어 마치 한자리에서 마주하듯 상상하게 해 주는 추리소설이야말로 세계문학이다.

더 쉽게 말해 세계적인 명작이나 오랫동안 인기를 누린 작품이라 쳐도 좋다. 예컨대 애거사 크리스티나 엘러리 퀸의 소설이라면

어떨까? 명탐정 셜록 홈스와 괴도 신사 아르센 뤼팽이어도 좋다. 비록 전 세계 어느 교과서나 어떤 필독서 목록에도 끼어 있지 않더라도 말이다.

따지고 보자면 소포클레스의 『오이디푸스왕』이라든가 입센의 『인형의 집』은 얼마나 많은 대중의 가슴을 뛰게 하며 무대를 옮겨 다녔을 것인가? 괴테의 『젊은 베르테르의 슬픔』이야말로 숱한 청춘 남녀의 갈채를 받으며 급기야 자살 붐까지 일으킨 선정적인 대중문학 아니던가? 마치 『춘향전』이나 『홍길동전』이 그러했고, 또한 이광수의 『무정』이 그러했듯이 말이다.

물론 많은 독자가 즐기고 오래도록 읽힌다고 해서 문학사에서 한자리를 꿰차거나 보편적인 세계문학의 반열에 선뜻 올라설 수는 없는 노릇이다. 또한 한국의 경우가 잘 보여주듯이 혹독한 역사적 평가를 충분히 견뎌 낼 뿐 아니라 번역이라는 힘을 빌려 시대, 지역, 언어의 경계를 넘어설 수 있는 저력도 갖추어야만 한다.

그래서 추리소설이 세계문학이라는 말에는 응당 번역문학이라는 의미도 포함되게 마련이다. 한국어로 번역되지 않은 문학이 한국인에게 아무것도 아닌 것처럼 추리소설도 번역되지 않고서는 한국인의 세계문학일 수 없다. 반면에 한국어로 번역되어 한국에서 거듭 읽히는 추리소설이라면 필시 한국인의 문화적 감수성이나 상상력과도 잘 맞아떨어진다는 뜻일 터다.

그러고 보면 한국 추리소설의 역사에서 왜 번역이 큰 비중을 차지하는가, 어째서 창작이 마음껏 기를 펴지 못하는가 하는 물음도 자연스레 떠오른다. 정도의 차이는 있겠지만 꼭 우리만의 문제는 아닐 것이다. 서유럽 선진국, 미국, 일본 정도만 제외하고는 공통적인 현상이기 때문이다. 그런 몇몇 나라에서도 번역 없이 창작만으로 추리소설이 대중의 사랑을 받거나 명성을 누리지는 못한다. 추리소설은 세계문학이기 때문이다.

중요한 것은 대중문학이나 세계문학이라는 잣대가 절대적이지 않으며, 심지어 자의적이고 편파적이기까지 하다는 사실이다. 특히 추리소설이 세계문학이냐 아니냐 따지는 일은 하나 마나 한 짓이다. 추리소설이 과연 근대인의 보편적인 감수성과 세계인의 상상력을 대변할 수 있는지, 추리소설에 포착된 인간 군상과 내면이 지금 우리 시대에 간직하고 기억할 가치가 있는지, 또한 아직 책을 펼치지 않은 미래의 독자에게도 권할 만한 문학적 성취를 거두었는지 묻는 것이 훨씬 바람직하다.

탐정과 함께한 100년

요컨대 추리소설은 근대의 시대감각과 상상력을 반영한 대중적인 이야기 양식이며, 전 세계적으로 왕성한 활력을 자랑하며 지속적인 성장을 거듭해 왔다. 첫째, 추리소설은 시민 사회의 새로운 인간관과 세계관을 대변하면서 광범위한 독자를 사로잡았다. 둘째, 추리소설은 가장 인기 있는 상상력을 발휘해 온 세련된 대중문학이다. 셋째, 추리소설은 국적이나 언어의 경계를 넘어 세계인의 보편적인 공감과 지지를 얻으며 이야기의 지평을 넓혔다.

추리소설은 서양에서 태동하고 성숙했지만 한국 추리소설의 역사적 특질과도 잘 들어맞는다. 한국의 추리소설은 근대문학의 역사와 함께 출발했으며, 대중문학이자 그중에서도 가장 세련된 이야기 양식으로 자리 잡았다. 또한 번역을 통해 세계인의 감수성이나 상상력과 소통하면서 창작에서도 독특한 이야기의 세계를 형성해 왔다. 달리 말하자면 한국 근대문학은 탐정과 함께 탄생하고, 추리소설과 나란히 발전했다. 탐정은 일상 가까이에서 늘 대중과 함께하며, 여성과 어린이를 포함한 시민과 손잡고 범죄를 해결했다. 또한 한국 추리소설은 서양의 탐정을 본받으면서도 우리만의 독특한 주인공을 창조해 냈다.

한국 최초의 추리소설 『쌍옥적』은 신문학의 선구자 이해조에 의해 창작되고 10여 년간 꾸준히 애독된 초창기 베스트셀러다. 기차간에서 가방 도둑맞은 사건이 눈 깜짝할 사이 살인 사건으로 번지면서 두 명의 별순검, 오늘날의 사복형사가 흉악범과 쫓고 쫓기며 반전을 거듭한다. 무엇보다 『쌍옥적』을 통해 애거사 크리스티가 창조한 미스 마플 못지않은 한국 최초의 여성 사설탐정이 탄생했으니 세계 추리소설사에 기억되어야 마땅한 명장면이다.

남산공원 연쇄 살인 사건을 멋지게 해결하는 『혈가사』의 탐정 김웅록, 잔인한 범죄 사건을 애타게 기다리는 『염마』의 주인공 백영호는 어떠한가? 셜록 홈스를 닮았나 싶다가도 청년 탐정 르코크 뺨치게 맹활약하는 김웅록과 백영호를 전 세계 어디에서 또 만날 수 있으랴? 오랜 비밀을 품고 있는 희대의 악녀, 원한과 복수에 휩싸인 의문의 남매가 벌이는 살인 행각은 오직 한국에서 한국인만 박진감 넘치게 맛볼 수 있었다.

번듯하게 자기 명함을 새긴 탐정도 등장했다. 명탐정 겸 탐정 작가 유불란 선생! 모리스 르블랑에게서 이름을 빌려 왔으니 프록코트 차림에 실크해트 쓰고 모노클은 필수다. 영락없는 괴도 신사이자 신출귀몰 변장의 천재 아르센 뤼팽이 한국에 건너온 셈이다. 유불란의 어엿한 후계자도 출현했다. 늘 미녀들에 둘러싸여 모험을 떠나는 탐정 장비호! 좌충우돌 로맨스에 빠져드는 한국의 명탐정을 과연 아르센 뤼팽은 상상이나 했을까?

명탐정에 환호하며 뜨거운 갈채를 보낸 것은 어린이들이다. 한국의 어린이들은 소년회를 통해서, 또는 소년탐정단을 결성해서 동생을 구출하기도 하고 거대한 국제 음모에 맞서 악당들을 일망타진하는 데 앞장섰다. 선구적인 아동문학가 방정환은 식민지 어린이들의 든든한 전국 조직인 소년회의 활약을 그렸다. 박태원은 명랑하고 용감한 악동들이 모인 소년탐정단을 처음 선보였다. 김내성의 똘똘이와 친구들은 명탐정 유불란 선생이 이끄는 모험의 세계에 함께 뛰어들었다.

그런가 하면 세계적인 명탐정의 대명사 셜록 홈스도 우리 주인공이다. 런던 베이커가 221B번지 2층의 셜록 홈스와 존 왓슨을 모르는 독자가 있을까? 그런데 바로 그 하숙집에서 한정하와 조군자라는 콤비가 갖가지 사건을 명쾌하게 해결했다는 것은 한국의 추리소설사만 자랑할 수 있는 사실이다. 셜록 홈스 시리즈를 한국어로 처음 번역한 김동성의 『붉은 실』 덕분이다. 코난 도일이 아직 살아 있을 때, 그리고 셜록 홈스와 존 왓슨도 한창 활약하고 있을 때였으니 바다 건너 명탐정들이 같은 시대를 호흡한 것이 틀림없다.

살인이라는 상상력, 탐정의 시대

살인은 끔찍한 짓이지만 살인 사건을 이야깃거리로 삼는 일은 즐겁고 짜릿하다. 오죽하면 『즐거운 살인』이라는 책도 있다. 추리소설에 숨어 있는 욕망의 사회사를 멋지게 분석한 책이다. 얼마나 절묘한 제목인가?

추리소설이 즐거운 이유는 누군가 죽었기 때문이 아니라 범인을 잡을 수 있고 합당한 처벌을 내릴 수 있기 때문이다. 탐정은 사건이 벌어졌기 때문에 해결할 뿐이다. 탐정은 희생자를 위해 복수하지 않으며, 낡은 도덕과 윤리를 바로잡으려 동분서주하는 것도 아니다. 탐정은 오로지 개개인의 생명과 안전에 충실하다. 합리적 이성과 과학적 지식에 근거하여 사건이 해결되어야 또 다른 희생자가 나오지 않을 것이며, 비밀이나 음모 없는 세계에서 우리 모두 평온하게 살아갈 수 있다.

따라서 추리소설은 시민 사회와 함께 성장하는 참신한 이야기 양식일 수밖에 없다. 사회를 위해 개인이 존재하는 것이 아니라 개인을 위해 사회가 존재하는 시대의 이야기가 추리소설이다. 우리가 꿈꾸는 사회와 시대의 대변자가 바로 탐정이다. 추리소설이야말로 자유롭고 평등하며 민주적인 시민 사회의 문학적 상상력을 잘 보여준다.

살인은 일상 속에서 늘 일어나고 가까이에서 벌어진다. 그런데 추리소설은 아직 발생하지 않은 살인 사건을 다루며, 탐정이 기꺼이 나서서 범인을 체포할 것이다. 범행이 교묘하고 악독해질수록 이야기가 세련되게 발전하고, 더 매력적인 상상력의 세계가 펼쳐진다. 이번에는 얼마나 새로운 범죄가 일어날 것인지, 다음에는 누가 어떤 운명을 맞이할 것인지 궁금하다면 망설일 필요가 없다.

지금 당장 사건 현장으로 뛰어들자. 탐정이 기다리고 있다.

도록총괄 함태영
도록기획 이세인, 윤민주
도록원고 이세인, 함태영
교　　정 이연서, 이지석

한국의 탐정들

초판1쇄 펴냄 2022년 2월 21일

지은이 인천문화재단 한국근대문학관
펴낸이 유재건
펴낸곳 그린비
주소 서울시 마포구 와우산로 180, 4층
대표전화 02-702-2717 | **팩스** 02-703-0272
홈페이지 www.greenbee.co.kr
원고투고 및 문의 editor@greenbee.co.kr

주간 임유진 | **편집** 홍민기, 신효섭, 구세주, 송예진 | **디자인** 권희원, 이은솔
마케팅 유하나, 육소연 | **물류유통** 유재영, 한동훈 | **경영관리** 유수진

ISBN 978-89-7682-897-2 03800

學問思辨行: 배우고 묻고 생각하고 판단하고 행동하고

독자의 학문사변행을 돕는 든든한 가이드 _그린비 출판그룹

그린비 철학, 예술, 고전, 인문교양 브랜드
엑스북스 책읽기, 글쓰기에 대한 거의 모든 것
곰세마리 책으로 통하는 세대공감, 가족이 함께 읽는 책